新华经典
散文文库

张晓风经典散文

爱我少一点，我请求你

张晓风

著

北京联合出版公司
Beijing United Publishing Co.,Ltd.

图书在版编目（CIP）数据

爱我少一点，我请求你 ： 张晓风经典散文 / 张晓风
著 . -- 北京 ： 北京联合出版公司，2020.7
（新华经典散文文库）
ISBN 978-7-5596-3904-2

Ⅰ . ①爱… Ⅱ . ①张… Ⅲ . ①散文集－中国－当代
Ⅳ . ① I267

中国版本图书馆 CIP 数据核字（2020）第 004103 号

本书由台北九歌出版社有限公司授权出版

爱我少一点，我请求你：张晓风经典散文

作　　者：张晓风
责任编辑：宋延涛
封面设计：吴黛君

北京联合出版公司出版
（北京市西城区德外大街83号楼9层 100088 ）
北京新华先锋出版科技有限公司发行
大厂回族自治县德诚印务有限公司印刷　新华书店经销
字数120千字　620毫米×889毫米　1/16　17印张
2020年7月第1版　2020年7月第1次印刷
ISBN 978-7-5596-3904-2
定价：59.00元

人间的紧锣密鼓中，我虽然只有小小的戏份，但我是不肯错过的啊！

《年年岁岁岁岁年年》

生命是一桩太好的东西，好到你无论选择什么方式度过，都像是一种浪费。

《只因为年轻啊》

此刻委地的尘泥，曾是昨日枝头喧闹的春意，两者之间，谁才是那花呢？

《有个叫"时间"的家伙走过》

无论如何，能去细味另一个人的惆怅也是一件好事吧！

《种种有情》

亲爱的上苍，请给我顺遂，请给我丰裕，
但也时时容我稍稍感受枯竭的惶急和伤痛。

《我有一根祈雨棍》

此时此际，我要做的事是集中精神张开每一个毛细孔，
来承受冬阳的恩膏，以及惠风的拂拭。

《晴日手记》

　　我忍不住欢喜起来，活着真是一种极大的幸福——
这种晶莹的夜，这样透明的月光，这样温柔的、落着花的树。

　　　　　　　　　　《细细的潮音》

在你，爱是火炽的，恨是死冰的，同情是渊深的，哀愁是层叠的。

《雨天的书》

也许，所有的诗、所有的词、所有拈花微笑的禅意都是谜吧？

《第一个月盈之夜》

原来春天是用一支笔迎来的，不管世界多冷，运笔的动作竟能酝酿春色。

《等待春天的八十一道笔画》

而终有一天，一纸降书，一排降将，一长列解下的军刀，我们赢了！

《你还没有爱过》

爱我，只因为我是我，
有一点好、有一点坏、有一点痴的我，
古往今来独一无二的我，爱我，只因为我们相遇。

《矛盾篇之一》

序　言╱
　　　╱一部分的我

　　我不喜欢写小传，因为，我并不在那里面，再怎么写，也只能写出一部分的我。

一

　　我出生在浙江金华一个叫白龙桥的地方，这地方我一岁离开后就没有再去过，但对它颇有好感。它有两件事令我着迷：其一是李清照住过此地；其二是它产一种美味的坚果，叫香榧子。

　　出生的年份是一九四一年，日子是三月二十九日。对这个生日，我也颇感自豪，因为这一天在台湾正逢节日，所以年年放假，令人有普天同庆的错觉。成年以后偶然发现这一天刚好是英国女作家弗吉尼亚·伍尔芙的忌日，她是一九四一年三月二十八日离家去自杀的，几天后才被发现，算来也就是三月底吧！

　　有幸在时间上和弗吉尼亚·伍尔芙擦肩而过的我，有幸在李清照晚年小居的地方出生的我，能对自己期许多一点吗？

二

父亲叫张家闲，几代以来住在徐州东南乡二陈集，但在这以前，他们是从安徽小张庄搬去的，小张庄在一九八○年前后一度被联合国选为模范村。

母亲叫谢庆欧，安徽灵璧县人（但她自小住在双沟镇上），据说灵璧的钟馗像最灵。她是谢玄这一支传下的族人，这几年一直想回乡找家谱。家谱用三个大樟木箱装着，在日本人占领时期，因藏在壁中，得避一劫，不料五十年后却遭焚毁。一九九七年，母亲和我赴山东胶南，想打听一个叫喜鹊窝的地方，那里有个解家村（谢、解同源，解姓是因避祸而改的姓），她听她父亲说，几百年前，他们是从喜鹊窝搬过去的。

我们在胶南什么也找不着，姓解的人倒碰上几个。仲秋时节，有位解姓女子，家有一株柿子树，柿叶和柿子竞红。她强拉我们坐下，我第一次知道原来好柿子不是"吃"的，而是"喝"的，连喝了两个柿子，不能忘记那艳红香馥的流霞。

家谱，是找不到了，胶南之行意外地拎着一包带壳的落花生回来，是解姓女子送的。吃完了花生，我把花生壳送去照相馆，用拷贝的方法制成了两个书签，就姑且用它记忆那光荣的姓氏吧！

三

我出身于中文系，受"国故派"的国学教育，看起来眼见着就会跟写作绝缘了。当年，在我之前，写作几乎是外文系的专利，不料在我之后，情况完全改观，中文系成了写作的主力。我大概算是个"玩阴的"改革分子，当年教授不许我们写白话文，我就乖乖地写文言文，就作旧诗，就填词，就度曲。谁怕谁啊，多读点旧文学怕什么，艺多不压身。那些玩意儿日后都成了我的新资源，都为我所用。

四

在台湾，有三个重要的文学大奖，中山文艺奖、台湾文艺奖、吴三连文学奖，前两项是官方的，后一项是民间的，我分别于一九六七年、一九八〇年和一九九七年获得。我的丈夫笑我有"得奖的习惯"。

但我真正难忘的却是"幼狮文艺"所颁给我的一项散文首奖。

台湾刚"解严"的时候，有位美国电视记者来访问作家的反应，不知怎么找上我，他问我"解严"了，是否写作上比较自由了？我说没有，我写作一向自由，如果有麻烦，那是编者的麻烦，我自己从来不麻烦。

唯一出事的是有次有个剧本遭禁演，剧本叫《自烹》，写的是易牙烹子献齐桓公的故事（此戏二十世纪八十年代曾在上海演出），也不知那些天才审核员是怎样想的，他们大概认为这种昏君佞臣的戏少碰为妙，出了事他们准丢官。其实身为编剧，我对讽刺时政毫无兴趣，我想写的只是人性。

据说我的另外一出戏《和氏璧》在北京演出时，座中也有人泣下，因为卞和两度献璧、两度被刖足，刚好让观众产生共鸣。其实，天知道，我写戏的时候哪里会想到这许多，我写的是春秋时代的酒杯啊！

五

我写杂文，是自己和别人都始料未及的事。躲在笔名背后喜怒笑骂真是十分快乐。有时听友人猜测报上新冒出来的这位可叵是何许人也，不免十分得意。

龙应台的《野火集》在二十世纪八十年代的台湾的确有燎原功能，不过在《野火集》之前，我以桑科和可叵为笔名，用插科打诨的方式对权威进行挑战，算是一种闷烧吧！

六

我的职业是教书，我不打算以写作为职，想象中如果为了疗饥而去煮字真是凄惨。

我教两所学校，阳明大学和东吴大学。前者是所医科大学，后者是我的母校。我在阳明属于"通识教育中心"，在东吴属于中文系。

我的另一项职业是家庭主妇，生儿育女占掉我生命中最精华的岁月。如今他们一个在美国西岸加州理工学院读化学，一个在美国东岸纽约大学攻文学，我则是每周末从长途电话中坐听"美国西岸与东岸汇报"的骄傲母亲。（这篇文章是十几年前写的，现况是，他们皆已得到学位回台就业了。）

我的丈夫叫林治平，湖南人，是我东吴大学的同学。他后来考入政大外交研究所，他的同学因职务关系分布在全球，但他还是选择了在中原大学教书，并且义务性地办了一份杂志。杂志迄今持续了四十多年，也难为他了。

七

最近很流行一个名词叫"生涯规划"，我并不觉得有什么太大的道理，无非是每隔几年换个名词唬人罢了！人生的事，其实只能走着瞧，像以下几件事，就完全不在我的规划掌控中：

1. 我生在二十世纪中叶；

2. 我生为女子；

3. 我生为黄肤黑发的中国人；

4. 我因命运安排在台湾长大。

至于未来，我想也一样充满变数，我对命运采取不抵抗主义，反正，它也不曾对我太坏。我不知道，我将来会写什么，一切随缘吧！如果万一我知道我要写什么呢？知道了也不告诉你，哪有酿酒之人在酒未酿好之前就频频掀盖子示人的道理？

我唯一知道的是，我会跨步而行，或直奔，或趑趄，或彳亍，或一步一蹀，或小伫观望，但至终，我还是会一步一个脚印地往前走去。

目　录
Contents

第一辑＼有个叫『时间』的家伙走过

年年岁岁岁岁年年　　　　　　　　　　/002

重读一封前世的信　　　　　　　　　　/008

有个叫"时间"的家伙走过　　　　　　/015

只因为年轻啊　　　　　　　　　　　　/017

我交给你们一个孩子　　　　　　　　　/027

某个不曾遭岁月蚀掉的画面　　　　　　/029

你真好，你就像我少年伊辰　　　　　　/031

一半儿春愁，一半儿水　　　　　　　　/033

在众生的眉目间去指认　　　　　　　　/038

其实，你跟我都是借道前行的过路人　/041

他年的魂梦归处　　　　　　　　　　　/043

1

第二辑＼种种有情，种种可爱

种种有情　　　　　　　　　/052

种种可爱　　　　　　　　　/060

一句好话　　　　　　　　　/068

送你一个字　　　　　　　　/073

我有一根祈雨棍　　　　　　/076

情　怀　　　　　　　　　　/078

我仿佛看见　　　　　　　　/088

有些人　　　　　　　　　　/094

晴日手记　　　　　　　　　/097

晓风过处　　　　　　　　　/100

巷子里的老妈妈　　　　　　/104

第三辑＼花树下，我还可以再站一会儿

地　篇　　　　　　　　　　　　　　　/108

好艳丽的一块土　　　　　　　　　　/113

细细的潮音　　　　　　　　　　　　/121

秋光的涨幅　　　　　　　　　　　　/127

星　约　　　　　　　　　　　　　　/129

花树下，我还可以再站一会儿　　　　/139

雨天的书　　　　　　　　　　　　　/142

让野生动物野　　　　　　　　　　　/148

戈壁酸梅汤和低调幸福　　　　　　　/150

发了芽的番薯　　　　　　　　　　　/153

第
四
辑
＼
等
待
春
天
的
八
十
一
道
笔
画

偷春体　　　　　　　　　　　　　　/156

第一个月盈之夜　　　　　　　　　　/159

月，阙也　　　　　　　　　　　　　/165

错　误　　　　　　　　　　　　　　/168

玉　想　　　　　　　　　　　　　　/173

唐代最幼小的女诗人　　　　　　　　/182

六　桥　　　　　　　　　　　　　　/185

等待春天的八十一道笔画　　　　　　/188

有些女孩，吟了不该吟的诗　　　　　/193

昨夜？枝开　　　　　　　　　　　　/196

我所遇见的崑曲　　　　　　　　　　/199

第五辑 ＼ 爱我少一点，我请求你

凡夫俗子的人生第一要务便是：活着 /212

只要让我看到一双诚恳无欺的眼睛 /219

你还没有爱过 /222

没有痕迹的痕迹 /233

人生的什么和什么 /235

没有谈过恋爱的 /237

矛盾篇之一 /241

生命，以什么单位计量 /244

第一辑

有个叫『时间』的家伙走过

年年岁岁岁岁年年

一

渐渐地，就有了一种执意地想要守住什么的神气，半是凶霸，半是温柔，却不肯退让、不肯商量，要把生活里细细琐琐的东西一一护好。

二

一向以为自己爱的是空间，是山河，是巷陌，是天涯，是灯光晕染出来的一方暖意，是小小陶钵里的"有容"。

然后才发现自己也爱时间，爱与世间人"天涯共此时"。在汉唐相逢的人已成就其汉唐，在晚明相逢的人也谱罢其晚明。而今日，我只能与当世之人在时间的常川里停舟暂相问，只能在时间的流水席上与当代人推杯换盏。否则，两舟一错桨处，觥筹一交递时，年华岁月已成空无。

天地悠悠，我却只有一生，只握一个筹码，手起处，转骰已报出点数，属于我的博戏已告结束。盘古一辨清浊，便是三万六千载，李白《蜀道难》难忘的年华，忽忽竟有四万八千岁，而天文学家动辄抬出亿万年，我小小的想象力无法追想那样地老天荒的亘古，我所能揣摩、所能爱悦的无非是属于常人的百年快板。

三

神仙故事里的樵夫偶一驻足观棋，已经柯烂斧锈，沧桑几度。

如果有一天，我因好奇而在山林深处看棋，仁慈的神仙，请尽快告诉我真相。我不要偷来的仙家日月，我不要在一袖手之际误却人间的生老病死，错过半生的悲喜怨怒。人间的紧锣密鼓中，我虽然只有小小的戏份，但我是不肯错过的啊！

四

书上说，有一颗星，叫岁星，十二年循环一次。"岁星"使人有强烈的时间观念，所以一年叫"一岁"。这种说法，据说发生在远古的夏朝。

"年"是周朝人用的，甲骨文上的年字写成"秂"，代表人扛着禾捆，看来简直是一幅温暖的"冬藏图"。

有些字，看久了会令人渴望到心口发疼发紧的程度。当年，想必有一快乐的农人在北风里背着满肩禾捆回家，那景象深深感动了造字人，竟不知不觉用这幅画来做三百六十五天的重点勾勒。

五

有一次，和一位老太太用闽南语搭讪：

"阿婆，你在这里住多久了？"

"嗯——有十几冬啰！"

听到有人用冬来代年，不觉一惊，立刻仿佛有什么东西又隐隐痛了起来。原来一句话里竟有那么丰富饱胀的东西。记得她说"冬"的时候，表情里有沧桑也有感恩，而且那样自然地把春耕夏耘、秋收冬藏的农业情感都灌注在里面了。她和土地、时序之间那种血脉相连的真切，使我不知哪里有一个伤口轻痛起来。

六

朋友要带他新婚的妻子从香港到台湾来过年，长途电话里我大概有点惊奇，他立刻解释说：

"因为她想去台北放鞭炮，在香港不准。"

放下电话，我想笑又端肃，第一次觉得放炮是件了不起的大事，于是把儿子叫来说：

"去买一串不长不短的炮——有位阿姨要从香港到台湾来放炮。"

岁除之夜，满城爆裂小小的、微红的、有声的春花，其中一串自我们手中绽放。

七

我买了一座小小的山屋，只十坪[1]大。屋与大屯山相望，我喜欢大屯山，"大屯"是卦名，那山也真的跟卦象一样神秘幽邃，爻爻都在演化，它应该足以胜任"市山"的。走在处处地热的大屯山系里，每一步都仿佛踩在北方人烧好的土炕上，温暖而又安详。

下决心付小屋的订金，说来是因屋外田埂上的牛及牛背上的黄头鹭。这理由，自己听来也觉得像撒谎，直到有一天听楚戈说某书法家买房子是因为看到烟岚，才觉得气壮一点。

我已经辛苦了一年，我要到山里去过几个冬夜，那里有豪奢的安静和孤绝，我要生一盆火，烤几枚干果，燃一屋松脂的清香。

八

你问我今年过年要做什么？你问得太奢侈啊！这世间原没有什么东西是我绝对可以拥有的，不过随缘罢了。如果蒙天之惠，我只要许一个小小的愿望，我要在有生之年，年年去买一钵素水仙，养在小小的白石之间。

中国水仙和自盼自顾的希腊孤芳不同，它是温驯的、偎人的，开在中国人一片红灿的年景里。

---

[1] 土地或房屋的面积单位，1坪约等于3.3平方米。——编者注

九

除了水仙,我还有一件俗之又俗的心愿,我喜欢遵循老家的旧俗,在年初一的早晨吃一顿素饺子。

素饺子的馅儿以荠菜为主,我爱荠菜的"野蔬"身份,爱小时候提篮去挑野菜的情趣,爱以素食为一年第一顿餐点的小小善心,爱民谚里"三月三,荠菜花,赛牡丹"的憨狂口气。

荠菜花花瓣小如米粒,粉白,不仔细看根本不容易发现,到了老百姓嘴里居然一口咬定荠菜花赛过牡丹。中国民间向来总有用不完的充沛自信,李凤姐必然艳过后宫佳丽,一碟名叫"红嘴绿鹦哥"的炒菠菜会是皇帝思之不舍的美味。郊原上的荠菜花决胜宫中肥硕痴笨的各种牡丹。

吃荠菜饺子,淡淡的香气之余,总有颊齿以外嚼之不尽的清馨。

十

如果一个人爱上时间,他是在恋爱了。恋人会永不厌烦地渴望共花之晨,共月之夕,共其年年岁岁岁岁年年。

如果你爱上的是一个民族、一块土地,也趁着岁月未晚,来与之共其朝朝暮暮吧!

所谓百年,不过是一千二百番的盈月、三万六千五百回的破晓及八次的岁星周期罢了。

所谓百年，竟是禁不起蹉跎和迟疑的啊，且来共此山河守此岁月吧！大年夜的孩子，只守一夕华丽的光阴，而我们所要守的却是短如一生又复长如一生的年年岁岁岁岁年年啊！

重读一封前世的信

　　做编辑的，催起人来，几乎令人可以想见未来某一日死神来催命的情势。当然，往好处想，我今日既有本事死皮赖脸抵御编辑相催，他日，也许就不怎么怕死神的凌逼了。

　　我平日因疏懒成性，文债渐积渐多，只是，债多不愁，反正能躲则躲，能赖则赖，实在躲不掉也赖不掉的，就先应付一下。最近的债主是某报，人家要专案介绍我，不向我找资料又跟谁要资料呢？我很想哀告一声，说：

　　"喂，关于张晓风的资料，未必我张晓风就是权威呀！谁规定我该研究我自己？收集我自己？谁说我该提供有关张晓风的资料？我又不是给张晓风管资料的。"

　　如果要我在这世上找出少数几件我没什么大兴趣的事，"研究张晓风"一定会是其中的一项。想想，世上好玩的事有多么多呀！值得去留意一下的事有千桩万桩哩！譬如说：可以拿来做意大利面的特别小麦叫"杜兰小麦"，只有"杜兰"可以构成那迷人的韧劲儿。而且，意大利文有句"阿尔甸特"，意思便专指那份韧韧的嚼头。

又譬如说马来人过新年的时候，晚辈跪拜父母，说"敏达玛阿夫"（Minta Maaf），意思是"请饶恕我过去一年得罪你的地方"（啊，我多么希望普天下的人过新年的时候都互道这句话，它比"新年快乐"要有意思得多了）。

又譬如台湾有种开在冬天的白色兰花叫"阿妈兰"（即祖母兰），开得天长地久，总也不谢，让人几乎以为它是永恒的。而开在春天的小朵紫色兰花却叫"小男孩"，一副顽皮又闯荡的样子。

还有初夏时节，紫霞满树，危笪笪开遍洛杉矶和南美洲的那种"美死了人不偿命"的花树有个绕口的名字叫"夹卡润达"（Gacaranta），中文有个文绉绉的翻译叫"蓝花楹"……世上"杂学"无限，张晓风去搬弄张晓风的资料，一方面是无趣，一方面也是胜之不武吧？

但人家在催，我也只好去找。"找自己"是件蛮累的事，而且往往并无收获。倒是有一天木匠阿陈来修衣橱，抖出一包信，我正打算拿去丢掉，不料却发现那泛黄的纸页上有一片熟悉的笔迹。凑近一看，几乎昏倒。

天哪！那是朱桥的信啊！朱桥死了有三十年了吧？他曾经是多么优秀的一个编辑啊！而他是自杀死的，"自杀"在当年是个邪恶的、不干净的字眼。他所服务的单位大概因而非常不以为然，所以他连身后该有的哀荣也没有捞到。丧礼上的亲属只有他的老姨妈，她用江北口音有腔有调地哭数着：

"朱家骏呀！你妈把你交给了我带来台湾呀！叫我以后回去怎么向你妈交代呀！"

过一会儿，想起来，她又补唱几句：

"你的志向高呀，平常的女孩子你都不要呀！至今还没成家呀！"

我非常惊讶，因为老姨妈似乎在用哭腔哭调告诉众亲朋好友：

"对于他的死，我是无罪的。不要以为我不照顾他，他没有成婚，他眼界高，他看上的女孩子人家看不上他，他的婚姻不是我耽误的……"

三十年后我才逐渐了解，晚期的朱桥其实是在精神衰弱的状态下，产生了极度的"沮丧"。这事如果发生在今天，医生会认为这只不过是极平常的"忧郁症"，每天早晨吃一颗"百优解"也就过去了。可怜当年的朱桥虽一度皈依佛门，却仍然二度自杀，似乎下定必死的决心。

曾经，为了催稿，他在作者家中整夜苦苦守候。曾经，他自掏腰包预付某些作者的稿费。他曾经把《幼狮文艺》办得多么叫好又叫座啊！

此刻，这封三十三年前来自编者案头的信竟忽然出现在我眼底，令我惊悚流泪。是前世的信吗？真的有点像，古人是以三十年为一世的。虽然，所谓的三十年，其实，也只像一瞬。

那时代穷，还没有发明什么用五万、十万的巨额奖金去鼓励文学青年的事（文学青年一概皆靠编者的信来加以鼓励）。一九六六年，我参加了奖金千元的"学艺竞赛"，并且得了奖。我当时二十五岁。翌年，我获得中山文艺奖（奖金五万元），以后又曾获得十万的或四十万的奖金——奇怪的是，我最难忘的却是这奖额千元的奖，只因评审会中有人因我的文章而哭泣。那泪水，胜过千万金银。

台湾刚"解严"的那阵子，有外国电视记者来访问，他提出的问题是："尚未'解严'的时候，你的写作是不是很不自由？"

我说："不，我一向都是自由的，我想写什么就写什么——问题是编辑，看他敢不敢登而已。"

一九六六年，我写了《十月的哭泣》，算是当时权威能忍受的极限吧？而朱桥在《幼狮》上刊登此文，其实也冒着掼掉总编头衔的危险吧？我当时少不更事，哪里知道自己痛快驰文之际，竟会害别人要赌上自己的前程。当今之世，肯为作者而一掷前程的编者又有几人呢？

朱桥的那封信是这样写的：

晓风小姐：

我愿意向你致以最大的敬意，当我读完《十月的哭泣》之后，正和你含着泪写一样，我也含着泪读。今天，我给魏子云先生看，他比我更为激动，他不仅是热泪盈眶，而且他说要找一座山痛哭一场。

尼采说："余最爱读以血泪写成的作品"，唯有以真诚的情感，才能打动人，特别是在我们今天处于这个惨痛的悲剧时代，本着这份感知，就我一个平凡的人而言，多少年的清晨与长夜，我都是为着一点爱国热忱，贡献了我能贡献的。

就我编《幼狮文艺》后，虽然不如理想，但也看得出这份努力的心意。对于当前文坛上那些享受虚名与渔利之徒，时常令我齿冷，目前风气所趋，也是徒唤奈何的，因此，我对你抱着"那个题材不感动你的，而不邃尔下笔"是非常对的，希望你保持这份难得的态度。

学艺竞赛收稿已截止，据我观察而言，你的大作"获奖"是绝无问题的了。你信中说，你在情绪激动之下完成此作，有些小地方需要斟酌，我和魏子云先生研究很久，略为改动几处几个字，同时把题目拟改为《十月的阳光》。

我们也知道，一字不改最好，因为你已用得很妥切了。为了免得被一些肤浅之辈断章取义，还是略加更改的为好。虽然，我们的刊物政治立场鲜明，但比任何民营报刊更不八股，别人不敢刊登的，我们反而敢刊登，我们敢刊登的，别人亦未见得敢刊登。所以，改动数字几乎是必须的，尚请裁酌！

我非常快慰，能获得大作参加学艺竞赛，谢谢您给我们这篇好文章！敬祝

大安

朱桥

一九六六年十月十七日

以今天的标准来看，那篇文章只不过大胆真实，并没有什么忤逆之处。但是事隔几年，当齐邦媛教授和余光中教授两人要把该文选入某文选的时候，两人也彼此做壮语道：

"管他的，杀头就杀头，选是一定要选的。"

我很庆幸，齐、余两人的大好头颅都安全无恙。而我，其实我并没有做什么坏事，我只不过在三十三年前的十月庆典上哭泣，当局一向要的是山呼万岁——而我却哭泣，不料竟引动众人与我一同哭泣……

啊！三十三年前，那曾是一个怎样的时代啊！

我曾于两年前为隐地的书写序，其中有段论述是这样写的：

曾经听一位老作家用十分美慕的口吻说起现代年轻一辈的作者：

"我觉得他们真了不起，他们又聪明又有学问，又有文笔。他们以后的成就一定不得了——不像我们当年，没有科班出身，只好瞎摸！"

我反驳说：

"也不见得，这一代，他们的确比较精明干练，但要说文学上的成就，那又是另一回事了。"

"怎么说呢？"

"文学这东西，"我说，"太聪明的人根本碰不得，聪明人就会分心，就会旁骛。老一辈的作者，文学对于他们而言就好像风雪暗夜荒原行路人手中所拿的那根小火炬，因为风大，你只好用手护着火苗——而护得急了，连手都差点儿烧烂。但你不能不好好护着它，因为在群狼当道的原野中，一旦火熄了，你就完了。那火炬成了你的唯一，你忍着手心的疼痛，抵死护好那小小的蹿动的火苗。

"现在的作者不是，写作是他众多本领中的一项，他靠此吃饭，或者不靠此吃饭，他表演，他享受掌声和金钱，他游走，他回来，他在排行榜上。他翻阅这个月的新书，他的心不痛，从来不痛，因为他是个快乐的书写作业员。

"而老一辈的作者，他们手中捧着火苗前行，那火苗便是文学。那烫得人手心灼痛欲焦的文学。你忍受，只因在茫茫荒郊、漫漫长夜、风雪相侵、生死交扣的时刻，舍此之外，你一无所有。

"相较之下，今日的文学是众多消费品中的一项，是琳琅市场上和肥皂、和电池、和冰箱除臭剂、和洋芋片、和保险套一起贩卖的东西。一旦退货，立刻变成纸浆。

"现代的作者也许更有才华，但文学女神要的祭品却是你的痴狂和忠贞。"

我今天重读三十三年前一个编辑、一个文学人对年轻作者的殷殷期许，内心惶愧交煎。所有的生者对死者其实都欠着一副担子，因为死者谢世之际，无形中等于说了一句：

"担子，该由你们来挑了。"

当年曾经受人祝福、受人包容、受人期许的我，此刻，总该像地心的融雪之泉，为自己流经的土地而喷珠溅玉吧？

我真的肯做一个乐人之乐、苦人之苦、因别人的伤口而流血、因远方的哭声而倾泪的人吗？手中捏着前世的信，我逼问我自己。

有个叫"时间"的家伙走过

　　"这是什么菜?"晚餐桌上丈夫点头赞许,"这青菜好,我喜欢吃,以后多买这种菜。"

　　我听了,啼笑皆非,立即顶回去:

　　"见鬼哩,这是什么菜?这是青江菜,两个礼拜以前你还说这菜难吃,叫我以后再别买了。"

　　"怎么可能?"

　　"怎么不可能?上次买的老,这次买的嫩,其实都是它,你说爱吃的也是它,你说不爱吃的还是它。"

　　同样的东西,在不同时段上,差别之大,几乎会让你忘了它们原本是一个啊!

　　此刻委地的尘泥,曾是昨日枝头喧闹的春意,两者之间,谁才是那花呢?

　　今朝为蝼蚁食剩的枯骨,曾是昔时舞妒杨柳的软腰,两相参照,谁方是那绝世的美人呢?

一把青江菜好吃不好吃，这里头竟然牵动起生命的大怆痛了。

你所爱的和你所恶的，其实只是同一个对象：只不过，有一个名叫"时间"的家伙曾经走过而已。

只因为年轻啊

爱——恨

小说课上，正讲着小说，我停下来发问："爱的反面是什么？"

"恨！"

大约因为对答案很有把握，他们回答得很快而且大声，神情明亮愉悦，此刻如果教室外面走过一个不懂中国话的老外，随他猜一百次也猜不出他们唱歌般快乐的声音竟在说一个"恨"字。

我环顾教室，心里浩叹，只因为年轻啊，只因为太年轻啊，我放下书，说："这样说吧，譬如说你现在正谈恋爱，然后呢？就分手了，过了五十年，你七十岁了，有一天，黄昏散步，冤家路窄，你们又碰到一起了，这时候，对方定定地看着你，说：'×××，我恨你！'"

"如果情节是这样的，那么，你应该庆幸，居然被别人痛恨了半个世纪，恨也是一种很容易疲倦的情感，要有人恨你五十年也不简单，怕就怕在当时你走过去说：'×××，还认得我吗？'对方愣愣地望着你说：'啊，有点面熟，你贵姓？'"

全班学生都笑起来，大概想象中那场面太滑稽、太尴尬吧？

"所以说，爱的反面不是恨，是漠然。"

笑罢的学生能听得进结论吗？——只因为太年轻啊，爱和恨是那么容易说得清楚的一个字吗？

受　创

来采访的学生在客厅沙发上坐成一排，其中一个发问：

"读你的作品，发现你的情感很细致，并且说是在关怀，但是关怀就容易受伤，对不对？那怎么办呢？"

我看了她一眼，多年轻的额，多年轻的颊啊，有些问题，如果要问，就该去问岁月，问我，我能回答什么呢？但她的明眸定定地望着我，我忽然笑起来，几乎有点儿促狭的口气：

"受伤，这种事是有的——但是你要保持一个完完整整不受伤的自己做什么用呢？你非要把你自己保卫得好好的不可吗？"

她惊讶地望着我，一时也答不上话。

人生世上，一颗心从擦伤、灼伤、冻伤、撞伤、压伤、扭伤，乃至到内伤，哪能一点儿伤害都不受呢？如果关怀和爱就必须包括受伤，那么就不要完整，只要撕裂，基督不同于世人的，岂不正在那双钉痕宛在的受伤手掌吗？

小女孩啊，只因年轻，只因一身光灿晶润的肌肤太完整，你就舍不得碰碰撞撞，就害怕受创吗？

经济学的旁听生

"什么是经济学呢？"他站在台上，戴眼镜，灰西装，声音平静，典型的中年学者。

台下坐的是大学一年级的学生，而我，是置身在这两百人大教室里偷偷旁听的一个。

从一开学我就昂奋起来，因为在课表上看见要开一门《社会科学概论》的课程，包括四位教授来开设"政治""法律""经济""人类学"四个讲座。想到可以重新做学生，去听一门门对我而言崭新的知识，那份喜悦真是掩不住、藏不严，一个人坐在研究室里都忍不住要轻轻地笑起来。

"经济学就是把'有限的资源'做'最适当的安排'，以得到'最好的效果'。"

台下的学生沙沙地抄着笔记。

"经济学为什么发生呢？因为资源'稀少'，不单物质'稀少'，时间也'稀少'——而'稀少'又是为什么？因为，相对于'欲望'，一切就显得'稀少'了……"

原来是想在四门课里跳过经济学不听的，因为觉得讨论物质的东西大概无甚可观，没想到一走进教室来，竟听到这一番解释。

"你以为什么是经济学呢？一个学生要考试，时间不够了，书该怎么念，这就叫经济学啊！"

我愣在那里，反复想着他那句"为什么有经济学——因为稀少——为什么稀少——因为欲望"而麻颤惊动，如同山间顽崖愚壁偶闻大师说法，不免震动到石骨土髓咯咯作响的程度。原来整场生命也可作经济学来看，生命也是如此短小稀少啊！而人的不幸却在于那颗永远渴切不止的，有所索求、有所跃动、有所未足的心。为什么是这样的呢？为什么竟是这样的呢？我痴坐着，任泪下如麻，不敢去动它，不敢让身旁年轻的助教看到，不敢让大一年轻的孩子看到。奇怪，为什么他们都不流泪呢？只因为年轻吗？因年轻就看不出生命如果像戏，也只能像一场短短的独幕剧吗？"朝如青丝暮成雪"，乍起乍落的一朝一暮间，又何尝真有少年与壮年之分？"急罚盏，夜阑灯灭"，匆匆如赴一场喧哗夜宴的人生，又岂有早到晚到、早走晚走的分别？然而他们不悲伤，他们在低头记笔记。听经济学听到哭起来，这话如果是别人讲给我听，我大概会大笑，笑人家的滥情，可是……

"所以，"经济学教授又说话了，"有位文学家卡莱亚这样形容：经济学是门'忧郁的科学'……"

我疑惑起来，这教授到底是因有心而前来说法的长者，还是以无心来渡脱的异人？至于满堂的学生正襟危坐，是因岁月尚早，早如揭衣初涉水的浅溪，所以才凝然无动吗？为什么五月山栀子的香馥里，独独旁听经济学的我为这被一语道破的短促而多欲的一生而又惊又痛、泪如雨下呢？

如果作者是花

"年年岁岁花相似，岁岁年年人不同。"

诗选的课上，我把句子写在黑板上，问学生：

"这句子写得好不好？"

"好！"

他们的声音听起来像真心的，大概在"强说愁"的年龄，很容易被这样工整、俏皮而又怅惘的句子所感动吧！

　　"这是诗句，写得比较文雅，其实有一首新疆民谣，意思也跟它差不多，却比较通俗，你们知道那歌词是怎么说的？"

　　他们反应灵敏，立刻争先恐后地叫出来：

　　　　太阳下山明早依旧爬上来

　　　　花儿谢了明年还是一样地开

　　　　美丽小鸟一去无影踪

　　　　我的青春小鸟一样不回来

　　　　我的青春小鸟一样不回来

　　那性格活泼的干脆就唱起来了。

　　"这两种句子从感性上来说，都是好句子，但从逻辑上来看，却有不合理的地方——当然，文学表现不一定要合逻辑，但是我还是希望你们看得出来问题在哪里。"

　　他们面面相觑，又认真地反复念诵句子，却没有一个人答得上来。我等着他们，等满堂红润而聪明的脸，却终于放弃了，只因太年轻啊，有些悲凉是不容易觉察到的。

　　"你知道为什么说'花相似'吗？是因为陌生，因为我们不懂花，正好像一百年前，我们中国是很少看到外国人，所以在我们看起来，他们全是一个样子，而现在呢，我们看多了，才知道洋人和洋人大有差别，就算都是美国人，有的人也有本领一眼看出住纽约、旧金山和南方小城的不同。我们看去年的花和今年的花一样，是因为我们不是花，不曾去认识花、体察花，如果我们不是人，是花，我们会说：'看啊，校园里

每年都有全新的新鲜人的面孔，可是我们花却一年老似一年了。'

"同样的，新疆歌谣里的小鸟虽一去不回，太阳和花其实也是一去不回的，太阳有知，太阳也要说：'我们今天早晨升起来的时候，已经比昨天疲软、苍老了，奇怪，人类却一代一代永远有年轻的面孔……'

"我们是人，所以感觉到人事的沧桑变化，其实，人世间何物没有生老病死，只因我们是人，说起话来就只能看到人的痛。你们猜，那句诗的作者如果是花，花会怎么写呢？"

"年年岁岁人相似，岁岁年年花不同。"他们齐声回答。

他们其实并不笨，不，他们甚至可以说是聪明，可是，刚才他们为什么全不懂呢？只因为年轻，只因为对宇宙间生命共有的枯荣代谢的悲伤有所不知啊！

高倍数显微镜

他是一个生物系的老教授[1]，外国人，我认识他的时候，他已经退休了。

"小时候，父亲是医生，他看病，我就站在他旁边。他说：'孩子，你过来，这是哪一块骨头？'我就立刻说出名字来……"

我喜欢听老年人说自己幼小时候的事，人到老年还不能忘的记忆，大约有点儿像太湖底下捞起的石头，是洗净尘泥后的硬瘦剔透，上面附着一生岁月所冲积洗刷出的浪痕。

这人大概注定要当生物学家的。

---

[1] 此教授名为棣慕华（1903—1989年），原籍美国，成长于江苏六合。后半生住台湾，是一位贵格会的牧师，也身兼台大教授。对台湾高山蕨类颇有研究，有些台湾高山植物以他的名字命名。

"少年时候，喜欢看显微镜，因为那里面有一片神奇隐秘的世界，但是看到最细微的地方就看不清楚了，心里不免想：赶快做出高倍数的新式显微镜吧，让我看得更清楚，让我对细枝末节了解得更透彻，这样，我就会对生命的原质明白得更多，我的疑难就会消失……"

"后来呢？"

"后来，果然显微镜愈做愈好，我们能看清楚的东西，愈来愈多，可是……"

"可是什么？"

"可是我并没有成为我自己所预期的'更明白生命真相的人'，糟糕的是比以前更不明白了，以前的显微镜倍数不够，有些东西根本没发现，所以不知道那里隐藏了另一段秘密，但现在，我看得愈细，知道得愈多，愈不明白了，原来在奥秘的后面还连着另一串奥秘……"

我看着他清癯渐消的颊和清灼明亮的眼睛，知道他是终于"认了"，半世纪以前，那意气风发的少年以为只要一架高倍数的显微镜，生命的秘密便迎刃可解，是什么使他敢生出那番狂想呢？只因为年轻吧？而退休后，在校园的行道树下看花开花谢的他终于低眉而笑，以近乎撒赖的口气说：

"没有办法啊，高倍数的显微镜也没有办法啊，在你想尽办法以为可以看到更多东西的时候，生命总还留下一段奥秘，是你想不通猜不透的……"

浪　掷

开学的时候，我要他们把自己形容一下，因为我是他们的导师，想多知道他们一点儿。

大一的孩子，新从成功岭下来，从某一点上看来，也只像"高四"罢了，他们倒是很合作，一个一个把自己尽其所能地描述了一番。

等他们说完了，我忽然觉得惊讶，不可置信，他们中间照我来看分成两类，有一类说："我从前爱玩，不太用功，从现在起，我想要好好读点儿书"；另一类说："我从前就只知道读书，从现在起我要好好参加些社团，或者去郊游。"

奇怪的是，两者都有轻微的追悔和遗憾。

我于是想起一段三十多年前的旧事，那时流行一首电影插曲（大约是叫《渔光曲》吧），阿姨、舅舅都热心播唱，我虽小，听到"月儿弯弯照九州"觉得是可以同意的，却对其中另一句大为疑惑。

"舅舅，为什么要唱'小妹妹青春水里流（或"丢"？不记得了）'呢？"

"因为她是渔家女嘛，渔家女打鱼不能上学，当然就浪费青春啦！"

我当时只知道自己心里立刻不服气起来，但因年纪太小，不会说理由，不知怎么吵，只好不说话，但心中那股不服倒也可怕，可以埋藏三十多年。

等读中学听到"春色恼人"，又不死心地去问，春天这么好，为什么反而好到令人生恼，别人也答不上来，那讨厌的甚至眨眨狎邪的眼光，暗示春天给人的恼和"性"有关。但事情一定不是这样的，一定另有一个道理，那道理我隐约知道，却说不出来。

更大以后，读《浮士德》，那些埋藏许久的问句都汇拢过来，我隐隐知道那里有番解释了。

年老的浮士德，坐对满屋子自己做了一生的学问，在典籍册页的阴影中他乍乍瞥见窗外的四月，歌声传来，是庆祝复活节的喧哗队伍。那一刹那，他懊悔了，他觉得自己的一生都抛掷了，他以为只要再让他年轻一次，一切都会改观。中国元杂剧里老旦上场照例都要说一句"花有重开日，人无再少年"（说得淡然而确定，也不知看戏的人惊不惊动），而浮士德却以灵魂押注，换来第二度的少年以及因少年才"可能拥有的种种可能"。可怜的浮士德，学究天人，却不知道生命是一桩太好的东西，好到你无论选择什么方式度过，都像是一种浪费。

生命有如一枚神话世界里的珍珠，出于沙砾，归于沙砾，晶光莹润的只是中间这一段短短的幻象啊！然而，使我们颠之倒之、甘之苦之的不正是这短短的一段吗？珍珠和生命还有另一个类同之处，那就是你倾家荡产去买一粒珍珠是可以的，反过来，你要拿珍珠换衣换食却是荒谬的，就连镶成珠坠挂在美人胸前也是无奈的，无非使两者合作一场慢动作的人老珠黄罢了。珍珠只是它圆灿含彩的自己，你只能束手无策地看着它，你只能欢喜或喟然——因为你及时赶上了它出于沙砾且必然还原为沙砾之间的这一段灿然。

而浮士德不知道——或者执意不知道，他要的是另一次"可能"，像一个不知是由于技术不好或是运气不好的赌徒，总以为只要再让他玩一盘，他准能翻本。三十多年前想跟舅舅辩的一句话我现在终于懂得该怎么说了，打鱼的女子如果算是浪掷青春的话，挑柴的女子岂不也是吗？读书的名义虽好听，而令人眼目为之昏聩，脊骨为之佝偻，还不该算是青春的虚掷吗？此外，一场刻骨的爱情就不算烟云过眼吗？一番功名利禄就不算滚滚尘埃吗？不是啊，青春太好，好到你无论怎么过都觉浪掷，回头一看，都要生悔。

"春色恼人"那句话现在也懂了，世上的事最不怕的应该就是"兵来有将可挡，水来以土能掩"，只要有对策，就不怕对方出招。怕就怕在一个人正小小心心地和现实生活斗阵，打成平手之际，忽然阵外冒出一个叫宇宙大化的对手，它斜里杀出一记叫"春天"的绝招，身为人类的我们真是措手不及。对着排山倒海而来的桃红柳绿，对着蚀骨的花香、夺魂的阳光，生命的豪奢绝艳怎能不令我们张皇失措，当此之际，真是不做什么既要懊悔——做了什么也要懊悔。春色之引人气恼跺脚，就是气在我们无招以对啊！

回头来想我导师班上的学生，聪明颖悟，却不免一半为自己的用功后悔，一半为自己的爱玩后悔——只因年轻啊，只因太年轻啊，以为只要换一个方式，一切就扭转过来而无憾了。孩子们，不是啊，真的不是这样的！生命太完美，青春太完美，甚至连一场匆匆的春天都太完美，完美到像喜庆节日里一个孩子手上的气球，飞了会哭，破了会哭，就连一日日空瘪下去也是要令人哀哭的啊！

所以，年轻的孩子，连这么简单的道理你难道也看不出来吗？生命是一个大债主，我们怎么混都是它的积欠户，既然如此，干脆宽下心来，来个"债多不愁"吧！既然青春是一场"无论做什么都觉是浪掷"的憾意，何不反过来想想，那么，也几乎等于"无论诚恳地做了什么都不必言悔"，因为你或读书或玩、或作战、或打鱼，恰好就是另一个人叹气说他遗憾没做成的。

然而，是这样的吗？不是这样的吗？在生命的面前我可以大发职业病做一个把别人都看作孩子的教师吗？抑或我仍然只是一个太年轻的蒙童，一个不信不服、欲有所辩而又语焉不详的蒙童呢？

我交给你们一个孩子

小男孩走出大门，返身向四楼阳台上的我招手，说："再见！"那是好多年前的事了。那个早晨是他开始上小学的第二天。

我其实仍然可以像昨天一样，再陪他一次。但我却狠下心来，看他自己单独去。他有属于他的一生，是我不能相陪的。母子一场，只能看作一把借来的琴弦，能弹多久，便弹多久。但借来的岁月毕竟是有其归还期限的。

他欣然地走出长巷，很听话地既不跑也不跳，一副循规蹈矩的模样。我一个人怔怔地望着巷子下细细的朝阳而落泪。

想大声地告诉整个城市，今天早晨，我交给你们一个小男孩。他还不知恐惧为何物，我却是知道的。我开始恐惧自己有没有交错。

我把他交给马路，我要他遵守规矩沿着人行道而行。但是，匆匆的路人啊，你们能够小心一点吗？不要撞倒我的孩子。我把我的至爱交给了纵横的道路，容许我看见他平平安安地回来。

我不曾搬迁户口，我们不要越区就读。我们让孩子读本区内的国民小学而不是某些私立明星小学。我努力去信任自己的教育当局，而且，是以自己的儿女为赌注来信任——但是，学校啊，当我把我的孩子交给你，你保证给他怎样的教育？今天清晨，我交给你一个欢欣、诚实又颖悟的小男孩。多年以后，你将还我一个怎样的青年？

他开始识字，开始读书，当然，他也要读报纸、听音乐或看电视、电影。古往今来的撰述者啊，各种方式的知识传递者啊，我的孩子会因你们得到什么呢？你们将饮之以琼浆，灌之以醍醐，还是哺之以糟粕？他会因而变得正直、忠信，还是学会奸猾、诡诈？当我把我的孩子交出来，当他向这世界求知若渴，世界啊，你给他的会是什么呢？

世界啊，今天早晨，我，一个母亲，向你交出她可爱的小男孩。而你们，将还我一个怎样的呢？

某个不曾遭岁月蚀掉的画面

　　她是我的朋友，我们很谈得来，那是三十年前，我读中学时候的旧事了。

　　我们彼此交换看作文簿，那大概等于成年人准许别人看自己的企划案吧！我隐隐了解她的父母和我的父母不是同一个阶层的人，但谁管那些呢？我们交往很久，彼此却没有去过对方的家。那时代女孩子放学和回家的时间都经父母算准了，去同学家玩是不成理由的。

　　有一天，大概是由于考试，提早放了学——我终于去她家玩了。她家离学校很远，是一个军眷村。其实我家也是军眷村，但低军阶的眷村不一样，看来像船舱，一大横排，切成许多豆腐块似的小间，而每间"小豆腐"都低矮仅能容身，倒也别有它的温暖。她的父母极老，她是晚生的小幺女，大的嫁了，她等于是独女，很得宠，我也因此变成小小的上宾。

　　她家可能算眷村的"有钱人"，因为开了一间小杂货店，不时有小孩跑来买一颗泡泡糖或一瓶醋之类的。似乎还不到吃饭的时间，但不知为什么，二老忽然下决心非让我们吃一碗面不可。他们是旗人，说起客气话来特别好听，特别理直气壮。

面下好了，是麻酱面，只两碗，二老自己不吃。她的父亲负责把麻酱调稀拌匀——并且端上桌，然后他转身走开。他的脚不好，走起路来半步半步地磨蹭着往前挪。

就在他转身的那一刹那，我忽然看见，他背过身去把筷子头上残余的芝麻酱慢慢舔食了。虽然看不见脸上的表情，但却直觉地知道他正十分珍惜地享受着筷尖那一点点麻酱的芳香。就由于那种敬慎珍重，使人不觉其寒酸，只觉得在窥伺一场虔诚恭逊近乎宗教的礼仪。

不知为什么，这样一个画面，在我心中竟保存了三分之一世纪而不能忘记。

你真好，你就像我少年伊辰

　　她坐在淡金色的阳光里，面前堆着的则是一堆浓金色的柑仔。是那种我最喜欢的圆紧饱甜的"草山桶柑"。而卖柑者向例好像都是些老妇人，老妇人又一向都有张风干橘子似的脸。这样一来，真让人觉得她和柑仔有点什么血缘关系似的，其实卖番薯的老人往往有点像番薯，卖花的小女孩不免有点像花蕾。

　　那是一条僻静的山径，我停车，蹲在路边，跟她买了十斤柑仔。

　　找完了钱，看我把柑仔放好，她朝我甜蜜温婉地笑了起来——连她的笑也有蜜柑的味道——她说："啊，你这查某（闽南语，女人）真好，我知，我看就知——"

　　我微笑，没说话，生意人对顾客总有好话说，可是她仍抓住话题不放：

　　"你真好——你就像我少年伊辰（闽南语，指那时候）一样——"

　　我一面赶紧谦称"没有啦"，一面心里暗暗好笑起来——奇怪啊，她和我，到底有什么是一样的呢？我在大学的讲堂上教书，我出席国际学术会议，我驾着车在山径御风独行。在台湾、在香港、在北京，我经过海关关口，关员总会抬起头来说："啊，你就是张晓风？"而她只是一个老妇人，坐在路边，贩卖她今晨刚摘下来的柑仔。她却说，她和我是一样的，她说得那样安详笃定，令我不得不相信。

转过一个峰口，我把车停下来，望着层层山峦，慢慢反刍她的话。那袋柑仔个个沉实柔腻，我取了一个掂了掂。柑仔这种东西，连摸在手里都有极好的感觉，仿佛它是一枚小型的、液态的太阳，可食、可触、可观、可嗅。

不，我想，那老妇人，她不是说我们一样，她是说，我很好，好到像她生命中最光华的那段时间一样。不管我们的社会地位有多大落差，在我们共同对这一堆金色柑仔的时候，她看出来了，她轻易地就看出来了，我们的生命基本上是相同的。我们是不同的歌手，却重复着生命本身相同的好旋律。

少年时的她是怎样的？想来也是个有着一身精力，上得山下得海的女子吧？她背后山坡上的那片柑仔园，是她一寸寸拓出来的吧？那些柑仔树，年年把柑仔像喷泉一样从地心挥洒出来，也是她当日一棵棵栽下去的吧？满屋子活蹦乱跳的小孩，无疑也是她一手乳养长大的？她想必有着满满实实的一生。而此刻，在冬日山径的阳光下，她望见盛年的我向她走来购买一袋柑仔，她却像卖给我她长长的一生，她和一整座山的龃龉和谅解，她的伤痕和她的结痂。但她没有说，她只是温和地笑。她只是相信，山径上总有女子走过——跟她少年时一样好的女子，那女子也会走出沉沉实实的一生。

我把柑仔掰开，把金船似的小瓣食了下去。柑仔甜而饱汁，我仿佛把老妇的赞许一同咽下。我从山径的童话中走过，我从烟岚的奇遇中走过，我知道自己是个好女人——好到让一个老妇想起她的少年，好到让人想起汗水，想起困厄，想起歌，想起收获，想起喧闹而安静的一生。

一半儿春愁，一半儿水
——溪城忆旧

那年，她十七岁，我也是。夏天放榜，她考取了东吴，我也是。她读会计，我读中文，我们都很快乐。

我们相约去看新校区，南部乡下来的同班同学——真的很南部，比高雄还南，我们是屏东来的小孩。

同学叫她"狮子"，倒不是因为她凶恶，而是因为她名叫师瑾，"师""狮"同音，大家就叫她"狮子"。

"狮子"长得美，一双大眼睛，慧黠灵动、莹澈渊深，仿佛一串说不完的谜面，令人沉吟费猜。"狮子"且清瘦，腰肢一把，轻盈若无，穿起那时代流行的蓬裙，直如云中仙子。

我们终于找到外双溪，那时是一九五八年，住在台北的人一时还没有学会污染的本领。我们站在溪边，我惊异于碧涧漱石之美——啊，教我怎么说呢，我只能说，那时候的水，真是水。没有杂质的水。

我当时忍不住跟"狮子"胡扯：

"我们去弄件游泳衣，下去游泳吧！"

其实，我只是说说，因为：第一，我根本不会游泳；第二，水也太浅，不可能施展身手。

但"狮子"这个人一向认真，她立刻很淑女地骂了一句：

"你神经啦！"

我懂她的意思，她是指光天化日，众目睽睽，一个女孩子只穿一件游泳衣便去戏水，岂不有伤风化？

而我当时那么说，无非想表达，此水清清，清到值得我们跳进去嬉戏！

四十年后的今天，我每周去东吴上小说课，经过溪边，总不免扼腕叹息。溪水啊！你昔日的美丽呢？虽然也有胆大的钓鱼者继续钓鱼，虽然也有一两只白鹭穿梭其间。但，那曾经清澈如玉的溪水却早已不见了。

"狮子"，继续着她在人世间循规蹈矩的步伐，继续流盼她的美目，但乳癌却攫住她。她抗拒，她去开刀，她去复健，她认真地前往大陆寻求医疗，然而，三年前她终于走了。灵堂布满白色的姬百合，她连葬礼都规划得一丝不苟。

我该向谁去讨回我误撞异域的朋友呢？

一九五八年，东吴在外双溪的第一栋校舍落成，中文系一年级在"第一教室"上课（那位置，现在是注册组在使用）。班上同学只有十人，如果用成本会计的眼光来看，真是浪费。但小班上课实在是令人难忘的好经验，认真的教授甚至可以记得我们作品中的某些句子，像张清徽（张敬）老师，三十年后她偶然还能当面背诵我大四"曲选习作"的句子：

"沟里波澜拥又推，乱成堆，一半儿春愁一半儿水。"

令我又喜又愧。

然而，清徽老师也走了，祭吊时播放的不是哀乐而是她生前最喜欢的昆曲。啊！真是奇异的告别式啊！

"袅晴丝，吹来闲庭院……"

幽缓的《水磨调》，人生却是如此匆匆啊！

老师是旧式才女，有才华，又用功，连她的字我也是极喜欢的（虽然，不太有人知道她的书法）。她的古诗更写得好，浑茂质朴，情深意切，当今之日，华文世界，能写出这种水准的人，想来也不超过十个啊！

忆起清徽师，常忍不住恻恻而痛，因为同为女性，也因为疼惜，疼惜她这样的才女，却生不逢辰。她对自己的婚姻啧有烦言。但据我看，师丈并不坏。我有次在老师家中看到一张佩剑少年的旧照片，那美少年英姿飒爽，足以令任何女子怦然心动，我问师丈：

"咦！这人是谁呀？"

"就是我呀！"

我当时大吃一惊！原来这不修边幅、说起话来颠三倒四的师丈，曾是早期清华的高才生，他英挺俊俏，眼神如电，令人形惭。他且又因抗战投身空军，可谓是才子又是英雄。老师当年倾心此人，本来应该可成一段佳话，但才子往往不容易与人相处，至于逢迎阿谀，当然更为不屑。在事业饱受挫折之余，他变得成天谈玄说命，不事生产。老师于是自怨自艾起来，词曲于她不失为一种及时的救赎。

啊！如果老师晚生五十年或者六十年，命运会不会好些？女性主义的大纛是不是让她可以活得更理直气壮一点？但反过来说如果她晚生六十年，那些来自书香世家的良好旧学根底也就没了——唉，人生实难啊！

何况，多年后，老师告诉我，她原为家计困窘，才在台大之外寻求兼课东吴的。那么，倒是我捡到便宜了，让我有一年之久领略她风趣隽永的授课。世事的凶吉休咎原是如此难卜，她的不幸，不料反而成就了我的幸运。

当这世上你可以称之为老师的人越来越少，学生却愈来愈多，真是件可悲的事。你眼看老成凋谢，却阻止不了他们的消失。于是你渐渐了解，原来，学者也不是永恒的，如果你不趁可请益的时候请益，将来，总有一天，你再也无法向他们请益了。

汪薇史（汪经昌）老师是我另一位恩师，不料在香港教书时发生车祸谢世。命运真是很奇怪的东西，汪老师和大多数外省老辈一样，对台湾的政治定位没什么把握。刚好，香港有意延聘他教书，他是希望能终老香港的，却不意为一辆不负责任的车子断了命。那司机何曾知道这一撞，撞碎了多少宝贵的曲学传承啊！

汪老师是曲学大师吴瞿安（吴梅）先生的弟子，在台湾曲学界可算得一代宗师。但奇怪的是他当初受聘中文系，所授的课程竟是"社会学"。

有一次，我请教汪老师要学词曲应该如何入手，他说应从《花间词》读起，我再问从《花间词》读起如何读，他说，你来我家，我讲给你听。我从此每周两次去老师家听《花间词》，他讲给我一个人听，免费，而且供应晚餐。甚至我后来结了婚，仍赖皮如故。有时在老师家谈得兴起，不觉已至午夜。忽听得日式房子的矮墙外，有人用压低的清亮男高音的嗓子在叫：

"晓风！"

我一惊而起，推开抑扬清激的工尺谱，完了完了，一定又过了十二点了。于是乖乖出门，跟来"捉"我的丈夫一起回家。从龙泉街到永康街，坐在脚踏车后座上，一路犹想着老师婉转的笛声。这种情节一路上演到我生了孩子，实在脱不了身，才算罢休。而那时候，老师也正打算赴香港上任去了。

我如今每次打开《花间词》都不敢久读，因为一想起往事，就要流泪。

溪声千回，前尘如烟。连当年那可爱的、会写情诗的学弟林炯阳也走了（至于他曾取得博士学位，当过中文系系主任，算来都属"末节"，他的诗人履历还是最可敬的）。我想，如今我只能珍惜活着的师友，并期待下一世纪的江山代出的人才。钟灵毓秀的溪城当能回应我的祈愿吧？

在众生的眉目间去指认

诗人辛郁走了，虽然手上正忙着评审的工作，我还是决定去参加他的追思会，致上最后的敬意。

我跟他不熟络，但在三四十年前，有一次，他很郑重地跟我说了一句推崇某位诗人的话，我当时也不觉特殊，事后想想，觉得这是辛郁了不起的过人处。

其实，诗人百分之八十都是好人——唉，如果擅长招摇撞骗，又何必来混诗人呢？但套句夏宇的话，诗人也算某种歹徒，能做江湖歹徒的，又何必来做文学歹徒呢？故秉性纯良的诗人多半只写些迷死人不偿命的美丽句子而已。

诗人虽多是好人，然而有一件善行他们却多半吝于去做，那就是"赞美和自己同辈的诗人"——当然，受邀为人写序的时候例外，为"小朋友诗人"写序，则更为出手大方。

也因此，辛郁私下向我说某诗人极优秀的那句话，我会记得那么久、那么深，因为在别人嘴里很难听到这类话。去参加追思会，就是我对他"于人有敬意"的一点敬意。为人但有一好，便值得深深尊敬。

因为要去追思会，不免又在心中多盘点一些记忆，于是想起二〇〇九年，台湾曾有十多位作家受邀齐聚山东枣庄学院，一起开文学研讨会。枣庄，听名字像个小村庄，查资料才发现这是民初即已设立专线火车站的重要地方。

会后去谒孔庙，孔子如今是华人世界的"最大公约数"。当日游人如织。我因生平不爱背摄影机，便自在流连看景。看着看着，忽见一灰衣老衲，也来礼敬孔子。这老衲的外貌令我大吃一惊，而这人望来温和，我便走上前去和他搭讪，我说：

"师父，我们是台湾来的，你长得跟我们团里的一位团员像极了，好不好，你们两人合拍一张照片？"

师父是个好说话肯行方便的人，于是我便抓了辛郁过来，请女诗人龚华拍照，一面一一问大家：

"对不对？对不对，你们看嘛！这两人长得简直像一个模子里出来的！"

我当时其实有点无理取闹，既强拉龚华拍照，又强拉两人入照——但也因此，留下了一张可贵的照片。如今展览在纪念档里。

但我闹着要两个陌生人合照，其实也有一点特别的想法，我想说的是：

"不要想尽办法证明自己是世上独一无二的，说不定在什么时代，在什么地点，有个什么人，跟我十分相似哩！或眉目轮廓，或说话行事，或心思动念，谁知道呢？说不定就真有个'另我'活在世上呢！"

辛郁祖籍山东曲阜，他姓宓，祖先是孔门弟子（我当时不知这些背景），但辛郁平时都说自己是杭州人，那老僧则不知何方人士，但他们如此相似，又在山东曲阜相遇，说不定真有其遥远的血缘关系。

如果将来科技发展进步，DNA 的检查变得又快速方便又价格便宜，我们便可满街去认亲戚。原来，四海存兄弟姐妹，竟是事实。

诗人和僧人，在某一点上也是相通、相同的吧？而今，诗人走了，不知名的僧人又不知云游何方去了，只有六年前的照片如今悬在墙上。唉，但愿某时某地，老天真的再为我们冒出另一个诗人辛郁来。但愿在众生的眉目间，我们能指认出一生有点辛苦、有点抑郁，却又潜伏自矜如深林云豹的辛郁。（曾经，在诗中，诗人纪弦以狼自况，辛郁则以豹。）

其实，你跟我都是借道前行的过路人

那天放假，是端午节的假。从前，端午节是不放假的，原因不详。似乎是，从民国开始，新派的当权人士就对农历节庆有点儿仇视。但挨挨蹭蹭混了七十年多，发现老百姓还是爱过老节，终于投了降，把清明、端午、中秋的假一一照放。想来，说不定，有一天连旧历的花朝日或重阳节都放假也未可知。

那一天，因为是第一次得到一个新鲜的端午假日，十分兴奋，于是全家出发，驾上车，浩浩荡荡赴大屯山去赏蝶，以为庆贺。奇怪的是，事近十年，现在回想起来，那蝴蝶漂亮的青翅不算印象深刻，使我惊愕难忘的倒是另一幅景象。

蝴蝶并非不美丽，但它的美对我而言是"意料中事"，并无意外可言。我在导游手册上找到"蝴蝶廊"的名字，就"按图索蝶"前往大屯山一探，果真找到了它们。

但另外的那个景象却是我"碰"上的，导游手册里完全没提到。

那天我从阳投公路左转，往大屯山主峰的方向开去，蝴蝶廊便在大屯山主峰上。天气晴和，它们三三两两在阳光下舒翅，它们的翅膀有如青天一角，又如土耳其蓝玉。看完蝴蝶，我继续前往于右任墓，忽然，毫无防备，它，出现在车前。

它显然极度惊惶，它是一条碧绿色的小蛇。蛇虽然也有嘴脸眼睛，但蛇的表情大约是我们人类读不懂的吧？只是它急恐窜逃的样子我看得懂，它的肢体在痉挛中飞速蠕动，把那翡翠一般优雅的皮色舞成一片模糊晃动的碎琉璃。

我在它横越马路的地方轻轻刹车，距它大约四公尺[1]，我停在那里对它说：

"不要怕，我让你，你是行人，你先过。"

窄窄的山路，对它竟是天险难渡。不知是不是因为柏油路面不利于它的蠕动，它看来张皇失措。

"对不起，吓到你了，你的名字是不是叫小青？今天是端午节，你知不知道，今天这日子跟你们蛇族的故事有关呢！"

它战栗，这是它生死攸关、存亡续绝的时刻。

"不要这样，这条路又不是我的，我们两个都只不过是偶然借道前行的过路人罢了！你好好走嘛！这座山与其说属于我的祖先，不如说是属于你的祖先。我打扰了你们的领域，我说道歉都来不及，你又何必吓成这样呢？"

小蛇窜入草丛，转瞬消失。

事情过了快十年了，它那抖动如飞鞭的身形，它那痛苦扭折的S形常在我眼前晃动，我为自己和人类文明加诸它的苦楚而深感苦楚。

不知它如今还活着吗？曾经，某年某月某日某时，我与它，两个同被初夏阳光蛊惑而思有所动的生物，一起借道而行，行经光影灿烂的山路。它是那样碧莹美丽，我不能忘记。

---

[1]　公制长度单位，米的旧称。——编者注

他年的魂梦归处

阳明大学简史

阳明大学，是一所以医学、生物科技、生命科学研究为主的研究型大学，前身是一九七五年设立的阳明医学院，一九九四年改为现名，设有医学院、医学技术暨工程学院、生命科学院、牙医学院、护理学院及人文与社会科学院六个学院。现任校长梁赓义。

阳明大学校歌[1]（晓风作词　陈建台作曲）

乌尖连峰旭日东升，

---

[1]　这校歌的歌词其实不算我作的，顶多算我"组装"的，阳明原有校歌，是第一任院长韩伟所写，后来的学生想改，便有人各撰了句子，我把旧校歌加上学生的新句子，重新凑成。其实我自己还是喜欢旧歌的词和曲。

哄哩岸上万木含春；

穷究生死精研病死，

今日新苗他年杏林。

军舰岩顶振衣千仞，

神农坡前际会风云；

仁心仁术服务人群，

牺牲奉献泽被全民。

大哉阳明，大哉阳明，

探生命源，立天地心，

慎思明辨，真知力行。

以传圣贤薪，用证万古情。

楔　子

我一个人站在一列大岩石旁边，岩石有一层楼那么高，表面是沉稳的灰黑色。然后，我看到我身边还有另一个人，这人，是我的丈夫。这件事，发生在二〇〇五年年底，二〇〇五年年底的梦里。

场景我极熟悉，这是我教书的学校。这座山上全是这种岩石，而梦中那块岩石位于第一教学大楼的西侧，靠近通识中心的东侧。这种石材叫哄哩岸石。

梦里，我很惊讶，我问丈夫：

"咦，你怎么跑到我的学校来了？"

所谓我的学校，是阳明大学，不过我更喜欢它以前的名字——阳明医学院，老实素朴，干吗赶时髦去升格作大学？

丈夫回答我说：

"我来帮你收拾办公室！"

梦中的我更惊讶了，口里没说，心里却一直念，奇怪呀，这个人怎么会来做这件事？平时一周之中周末的晚上叫他洗一次碗是可以的，叫他到我的办公室来帮忙收拾，是绝对不可能的事。当然，反过来说，我也不会贤惠到跑去为他收拾办公室。

梦中的我想到这里心绪忽转凄凉。我想，啊，我知道了，一定是我死了，我现在已是鬼，而他，不得不来帮我处理办公室里的遗物。

就在此刻，我醒了。

那时候，我刚发现患了大肠癌，正要安排开刀。我自己圆梦说，这大概是表示我内心仍有恐惧吧？毕竟，死亡，是多么奇怪又陌生的题目啊！

梦醒后，我很好奇，自己变成鬼以后为什么不去魂游八方，享受一下不再为肉体形质所局限的自由？反而巴巴噜噜地跑到学校去。学校，才是我这一生魂梦所依归的地方吗？

我怔怔不知怎么回答自己。

我把梦说给丈夫和女儿听，女儿听了立刻抗议说：

"啊哟！你怎么变成鬼也要先跑回学校去呀？"

唉，我自己也不解，从六岁起到此刻，我从来没有离开过学校，如果我的魂梦会不小心跑到学校去，这种事，哪里是我挡得了的呢？

没有医生要下乡

那是一九七五年的春末夏初，韩伟先生打电话给我。

"你今天晚上有空吗？我要去你家看你。"

他是我所钦佩的人，但他"那件令人钦佩的事"其实说来也颇令人伤感。原来他因成绩优秀，考上了公费留学，既是公费，依契约，学成之后自当归来服务。不过那是五六十年代，台湾生活条件和研究条件都不好，所以一旦放这些优异分子出去，他们就留在美国不肯回来了。韩伟其人因为一向磊落诚实，觉得当然非回来不可，由于"众人皆留我独回"，所以在当时差不多变成"怪事一桩"，他回台湾之日，居然上了报纸，变成新闻了。

此人来找我做什么呢？

"今天早上经国先生召见了我——"

"唔——"

"他说，他要办一所公费的医学院。他说，乡下人生病很可怜，没有好医生，合格的医生大部分只肯留在城市里，现在来办一间公费医学院，学生免费读，读完了以后就要接受分派，到边远地区服务。"

"我接下来会跑去美国劝一些学者回来教书——但，在这之前，我想先请你答应我，到这所新成立的阳明医学院来教汉语，医学院的人文教育也是很重要的。"

"你给我三天时间考虑一下。"

啊！要不要去呢？这院长有学养、有担当、有理想，会是个好主管。而医学院学生的素质又是众所周知的优异。但我已在母校东吴大学中文系开着我心爱的课（更年轻的时候，这种权利是没有的，那时候常捡拾人家不肯开的课），如果离开东吴中文系，我就注定脱离"正轨"了。我在医学院教国文，再怎么教，也只会是个"非主流"，我要去吗？

不过转念一想，"非主流"也有不少好处，可以没有人事或行政的压力，不会卷入不必要的是非，可以我行我素，倒也自在。

何况打算聘请我的是一个极有医学教育理想的人，大家一起，从一块砖开始奋斗，也真是人生难得的好因缘、好际遇啊！

三天后我答应了韩院长，电话中他很兴奋，说：

"太好了，我发出我的第一张聘书了！"

那年头没什么三级三审，凭的就是一句话。经国先生选韩伟，或韩伟聘老师，都是"一句话"。现在听来虽十分诡异，但当年那种"一句话付出终身"的痛快淋漓是多么令人发思古之幽情啊！现代主管流行的说法是对应征者说："来件敬悉，本系拟于×月×日进行初选，届时如获通过，会请助教告知。"此后当然又是啰啰唆唆的三级三审。而主管不必识人拔人，只需在会议中做个主持人就可以了。

韩伟另有一事令人难忘。他在任时，每到暑假发新聘书，他总是亲自到办公室来。见了面，鞠了躬，亲自双手奉上（是名副其实的"礼聘"），并且说几句感谢的话。韩院长谢世后也许学校变大了，聘书则或用邮寄或塞在办公室门缝下，或由助教转交了。

吃饭和解剖，都挤在那一栋楼里

韩院长治校严谨且以身作则，初期的阳明其实像一个大家庭。第一届学生只招了一百二十人，宿舍还没盖好，大家住在唯一的一栋大楼里，男女生宿舍也在一起，中间隔个木板，简直比美美国大学宿舍经过鬼闹学潮以后才争取到的那种"男女比邻宿舍"。但在那个纯真年代，同层宿舍，同学相处也只如手足。

那栋楼是石头盖的，庄严敦实，大家上课在其中，上班在其中，吃饭在其中，开会在其中，泡大体和解剖大体也在其中。反正，你想不跟别人熟也难，成天走来走去都会碰到老师或同学。三十年后同学会，首届毕业生无不怀念那段亲密岁月。唉！现在大家拥有的空间大了，可是在甲大楼上班的人和在乙大楼上班的人很可能老死不相往来。

我们的学生，救活了

创校初期有个同学在荣总（那是同学的实习医院）为肝病病人打针，不小心针头戳到自己，得了猛爆性肝炎[1]，一时全校的人，心都抽起来。除了各自祷天之外，院长要求荣总"不计代价全力抢救"，同学凡能捐血的都捐了血，希望能把这位同学整腔的血都汰新。啊，后来得知他痊愈时，大家是多么欣喜若狂啊！

但就在同时，另外一家私立医学院，有位同学得了同样的毛病，似乎因为当时他的父母旅行在日本，没人为他签字，病情一耽误，便死了。学校里有个能顶住事的大家长，真是好。

学校里有位教授书教得不错，却被补习班延聘了。那时各医学院都开始流行设硕士班和博士班，台湾又流行补习，连考博士也有人教你怎么考。这种师资当然难求，所以薪水大约是正规大学的六倍。但此事让韩院长知道了，他毫不容情，只问：

"你要选哪一边？"

那位老师选了补习班。

所有的学者，不管多权威，发聘之前，他都有约定，其中包括不赌博、不在校抽烟。他的理由也很有意思，他认为这些学生将来都是医生，医生会劝病人别抽烟，所以医生自己就不该抽烟，因此医生在学生时代就不该抽烟。而做学生的既不该抽烟，教授却抽，这怎么说得过去？

有些教授大概认为这保证只是个形式，偷偷抽上几口谁又知道？

---

[1] 又称急性重症肝炎。——编者注

不料后来竟颇有几人为此离职的。

那年头在台湾美国自由主义很当道，而董氏基金会还没有办法来杜绝公共场所的抽烟行为，韩院长竟常常挨骂。连他去世之日，也竟有某报纸的社论认为他禁烟的作风过分。我当时心中十分不忍，打电话去跟那位雅好音乐的张姓主管请求一点公正的论述。他的答案竟是"社论又不是新闻，没有更正的必要"。如今那家报纸已歇业，张先生也已因肺癌早逝，反而是韩伟"公众场所不见烟"的理想在世界各先进国家施行。

依照制度，教授做若干年后可休假一年，那一年，韩伟也没闲着。他一跑跑到极南方的恒春，在那里看诊行医起来，他说：

"既然叫学生下乡，自己就该先下！"

桂馥兰馨

前些年，闹SARS[1]，我的心不免紧揪，因为在第一线上拼命的多是我的学生啊！电视上看到璩大成愿意受命赴和平医院（当时指定的防SARS医院），几乎泪下，但脸上却笑起来，说：

"啊哟！这家伙，几年不见，怎么变得那么白了呀！"

他在我班上的时候是个黑黑高高、英飒逼人的豪气少年啊！但白归白，中年的他此刻跳出来，单刀赴"疫"，仍然是豪气少年的作为。

阳明不甚有美景，像台大之有溪头，唯一可观的是俯瞰关渡平原，再过去，就是远方观音山的绚烂落日了。春天有栀子花和相思树的香息，秋天有台湾栾树的黄花和红果。不过，这一切哪里抵得上佳秀子弟日

---

[1]　非典型性肺炎。——编者注

日苴长，终成为桂馥兰馨的美景呢？

有一年，在周颖政同学（他现在已是阳明公卫所的所长了）的邀请下参加了阳明暑期服务团队，去往四湖乡。那时早期学长徐永年已在当地行医，他开着辆老车四处去了解乡民的病情。我跟着他走，走到某家老宅，院子里有一只不用的老瓮，我叫他试着去要，他去了。老人家看是"医生的老师"想要，就立刻许了。我回来洗干净，放在学校通识中心的长廊上，插上些枯枝，作为一景。不知道的人看它只是一瓮，对我来说，它却是早期毕业生上山下海为老农老圃治病的一番念记。

第二辑

种种有情，种种可爱

种种有情

有时候，我到水饺店去，饺子端上来的时候，我总是怔怔地望着那一个个透明饱满的形体，北方人叫它"冒气的元宝"，其实它比冷硬的元宝好多了，饺子自身是一个完美的世界，一张薄茧，包覆着简单而又丰盈的美味。

我特别喜欢看的，是捏合饺子边皮留下的指纹。世界如此冷漠，天地和文明可能在一刹那化为炭劫，但无论如何，当我坐在桌前，上面摆着的某个人亲手捏合的饺子，热雾腾腾中，指纹美如古陶器上的雕痕，吃饺子简直可以因而神圣起来。

"手泽"为什么一定要拿来形容书法呢？一切完美的留痕，甚至饺皮上的指纹不都是美丽的手泽吗？我忽然感到万物的有情。

巷口一家饺子馆的招牌是"正宗川味山东饺子馆"，也许是一个四川人和一个山东人合开的，我喜欢那招牌，觉得简直可以画入《清明上河图》，那上面还有电话号码，前面注着 TEL，算是有了三个英文字母，至于号码本身，写的当然是阿拉伯文，一个小招牌，能涵容了四川、山东、中文、阿拉伯（数）字、英文，不能不说是一种可爱。

校车反正是每天都要坐的，而坐车看书也是每天例有的习惯，有一天，车过中山北路，劈头栽下一片叶子，竟把手里的宋诗打得有了声音，多么令人惊异的断句法。

原来是通风窗里掉下来的，也不知是刚刚落下的叶子，还是某棵树上的叶子在某时候某地方，偶然憩在偶过的车顶上，此刻又偶然掉下来的，我把叶子揉碎，它是早死了，在此刻，它的芳香在我的两掌复活，我扎开微绿的指尖，竟恍惚自觉是一棵初生的树，并且刚抽出两片新芽，碧绿而芬芳，温暖而多血，镂饰着奇异的脉络和纹路，一叶在左，一叶在右，我是庄严地合着掌的一截儿新芽。

两年前的夏天，我们到堪萨斯去看朱和他的全家——标准的神仙眷属，博士的先生，硕士的妻子，数目"恰恰好"的孩子，可靠的年薪，高尚住宅区里的房子，房子前的草坪，草坪外的绿树，绿树外的蓝天……

临行，打算合照一张，我四下浏览，无心地说：

"啊，就在你们这棵柳树下面照好不好？"

"我们的柳树。"朱忽然回过头来，正色地说，"什么叫我们的柳树？我们反正是随时可以走的！我随时可以让它不是'我们的柳树'。"

一年以后，他和全家都回来了，不知堪萨斯城的那棵树如今属于谁——但朱属于这块土地，他的门前不再有柳树了，他只能把自己栽成这块土地上的一片绿意。

春天，中山北路的红砖道上有人手拿着用粗绒线做的长腿怪鸟在兜卖，风吹着鸟的瘦胫，飘飘然好像真会走路的样子。

有些外国人忍不住停下来买一只。

忽然，有个中国女人停了下来，她不顶年轻，大概三十岁左右，一看就知是由于精明干练日子过得很忙碌的女人。

"这东西很好，"她抓住小贩，"一定要外销，一定赚钱，你到××路××巷×号二楼上去，一进门有个×小姐，你去找她，她一定会想办法给你弄外销！"

然后她又回头重复了一次地址，才放心走开。

台湾怎能不富，连路上不相干的路人也会指点别人怎么做外销。其实，那种东西厂商也许早就做外销了，但那女人的热心，真是可爱得紧。

暑假里到中部乡下去，弯入一个岔道，在一棵大榕树底下看到一个身架特别小的孩子，把几根绳索吊在大树上，他自己站在一张小板凳上，结着简单的结，要把那几根绳索编成一个网花盆的吊篮。

他的母亲对着他坐在大门口，一边照顾着杂货店，一边也编着美丽的结，蝉声满树，我停下来搭讪着和那妇人说话，问她卖不卖，她告诉我不能卖，因为厂方签好契约是要外销的，带路的当地朋友说他们全是不露声色的财主。

我想起那年在美国逛梅西公司，问柜台小姐那架录音机是不是台湾做的，她回了一句：

"当然，反正什么都是日本跟台湾来的。"

我一直怀念那条乡下无名的小路，路旁那一对富足的母子，以及他们怎样在满地绿荫里相对坐编那织满了蝉声的吊篮。

我习惯请一位姓赖的油漆工人,他是客家人,哥哥做木工,一家人彼此生意都有照顾。有一年我打电话找他们,居然不在,因为到关岛去做工程了。

过了一年才回来。

"你们也是要三年出师吧!"有一次我没话找话跟他们闲聊。

"不用,现在两年就行。"

"怎么短了?"

"当然,现代人比较聪明!"

听他说得一本正经,顿时对人类前途都觉得乐观起来,现代的学徒不用生炉子,不用倒马桶,不用替老板娘抱孩子,当然两年就行了。

我一直记得他们一口咬定现代人比较聪明时脸上那份有尊严的笑容。

老王是一个包工头,圆滚滚的身材加上圆头、圆险、圆眼——甚至还有个圆鼻子。

可是我一直觉得他简直诗意得厉害。

一张估价单,他也要用毛笔写,还喜欢盯着人问:"怎么?这笔字不顶难看吧?"

碰到承包大工程,他就要一个人躲到乌来去,在青山绿水之间仔细推敲工和料的盈亏。

有一次,偶然闲谈,他兴高采烈地提到他在某某地方做过工程。那是一个军事单位。

"有人说那里有核子弹,你看到没有?"

"当然有!"

"有,又怎么会让你看见?"我笑了起来。

"老实说,我也没看见,"他也笑了起来,不过仍是理直气壮的,

"不过，有，我也说有，没有，我也说有，反正我就是硬要说它有。我们做老百姓的就是这样。"

有没有核子弹忽然变得不重要，有老王这样的人才是件可爱的事。

学校下面是一所大医院，黄昏的时候，病人出来散步，有些探病的人也三三两两的散步。

那天，我在山径上便遇见了几个这样的人。

习惯上，我喜欢走慢些去偷听别人说话。

其中有一个人，抱怨钱不经用，抱怨着，抱怨着，像所有的中老年人一样，话题忽然就回到四十年前一块钱能买几百个鸡蛋的老故事上去了。

忽然，有一个人憋不住地叫了起来：

"你知道吗，抗战前，我念初中，有一次在街上捡到一张钱，哎呀，后来我等了一个礼拜天，拿着那张钱进城去，又吃了馆子，又吃了冰激凌，又买了球鞋，又买了字典，又看了电影，哎呀，钱居然还没有花完呐……"

山径渐高，黄昏渐冷。

我驻下脚，看他们渐渐走远，不知为什么，心中涌满对黄昏时分霜鬓的陌生客的关爱，四十年前的一个小男孩，曾被突来的好运弄得多么愉快，四十年后山径上薄凉的黄昏，他仍然不能忘记……不知为什么，我忽然觉得那人只是一个小男孩，如果可能，我愿意自己是那掉钱的人，让人世中平白多出一段传奇故事……

无论如何，能去细味另一个人的惆怅也是一件好事吧！

元旦的清晨，天气异样的好，不是风和日丽的那种好，是清朗见底毫无渣滓的一种澄澈，我坐在出租车上赶赴一个会，路遇红灯时，车龙全停了下来，我无聊地探头窗外，只见两个年轻人骑着机车，其中一个说了几句话，忽然兴奋地大叫起来："真是个好主意啊！"我不知他们想出了什么好主意，但看他们阳光下无邪的笑脸，也忍不住跟着高兴起来，不知道他们的主意是什么主意，但能在偶然的红灯前遇见一个以前没见过、以后也不会见到的人真是一个奇异的机缘。他们的脸我是记不住的，但那不重要，重要的是我记得他们石破天惊的欢呼，他们或许去郊游，或许去野餐，或许去访问一个美丽的笑面如花的女孩，他们有没有得到他们预期的喜悦，我不知道，但至少我得到了，我惊喜于我能分享一个陌路的未曾成形的喜悦。

有一次，路过香港，有事要和乔宏的太太联络，习惯上我喜欢凌晨或午夜打电话——因为那时候忙碌的人才可能在家。

"你是早起的还是晚睡的？"

她愣了一下。

"我是既早起又晚睡的，孩子要上学，所以要早起，丈夫要拍戏，所以晚睡——随你多早多晚打来都行。"

这次轮到我愣了，她真厉害，可是厉害的不止她一个人。其实，所有为人妻为人母的大概都有这份本事——只是她们看起来又那样平凡，平凡得自己都弄不懂自己竟有那么大的本领。

女人，真是一种奇怪的人，她可以没有籍贯、没有职业，甚至没有名字地跟着丈夫活着，她什么都给了人，她年老的时候拿不到一文退休金，但她却活得那么有劲头，她可以早起可以晚睡，可以吃得极少，可以永无休假地做下去。她一辈子并不清楚自己是在付出还是在拥有。

资深主妇真是一种既可爱又可敬的角色。

文艺会谈结束的那天中午，我因为要赶回宿舍找东西，午餐会上迟到了三分钟，慌慌张张地钻进餐厅，席次都坐好了，大家已经开始吃了，忽然有人招呼我过去坐，那里刚好空着一个座位，我不加考虑地就走过去了。

等走到面前，我才呆了，那是谢东闵主席右首的位子，刚才显然是由于大家谦虚而变成了空位，此刻却变成了我这个冒失鬼的位子，我浑身不自在起来，跟"大官"一起总是件令人手足无措的事。

忽然，谢主席转过头来向我道歉：

"我该给你夹菜的，可是，你看，我的右手不方便，真对不起，不能替你服务了，你自己要多吃点。"

我一时傻眼望着他，以及他的手，不知该说什么。那只伤痕犹在的手忽然美丽起来，炸得掉的是手指，炸不掉的是一个人的风格和气度。我拼命忍住眼泪，我知道，此刻，我不是坐在一个"大官"旁边，而是一个温煦的"人"的旁边。

经过火车站的时候，我总忍不住要去看留言牌。

那些粉笔字不知道铁路局允许它保留半天或一天，它们不是宣纸上的书法，不是金石上的篆刻，不是小笺上的墨痕，它们注定立刻便要消逝——但它们存在的时候，它是多好的一根丝缘，就那样绾住了人间种种的牵牵绊绊。

我竟把那些句子抄了下来：

缎：久候未遇，已返，请来龙泉见。

春花：等你不见，我走了（我两点再来）。荣。

展：我与姨妈往内埔姐家，晚上九时不来等你。

每次看到那样的字总觉得好，觉得那些不遇、焦灼、愚痴中也自有一份可爱，一份人间的必要的温度。

还有一个人，也不署名，也没称谓，只扎手扎脚地写了"吾走矣"三个大字，板黑字白，气势好像要突破挂板飞去的样子。也不知道究竟是写给某一个人看的，还是写给过往来客的一句诗偈，总之，令人看得心头一震！

《红楼梦》里麻鞋鹑衣的疯道人可以一路唱着《好了歌》，告诉世人万般"好"都是因为"了断"尘缘，但为什么要了断呢？每次我望着大小驿站中的留言牌，总觉万般的好都是因为不了不断、不能割舍而来的。

天地也无非是风雨中的一座驿亭，人生也无非是种种羁心绊意的事和情，能题诗在壁总是好的！

种种可爱

作为一个小市民有种种令人生气的事——但幸亏还有种种可爱，让人忍不住地高兴。

中华路有一家卖蜜豆冰的——蜜豆冰原来是属于台中的东西（木瓜牛奶也是），但不知什么时候台北也有了——门前有一副对联，对联的字写得普普通通，内容更谈不上工整，却是情婉意贴，令人动容。

上句是：我们是来自淳朴的小乡村。

下句是：要做大台北无名的耕耘者。

店名就叫"无名蜜豆冰"。

台北的可爱就在各行各业间平起平坐的大气象。

永康街有一家卖面的，门面比摊子大，比店小，常在门口换广告词，冬天是"100℃的牛肉面"。

春天换上"每天一碗牛肉面，力拔山河气盖世"。

这比"日进斗金"好多了，我每看一次简直就对白话文学多生出一份信心。

有一天在剧场里遇见孟瑶，请她去喝豆浆，同车去的还有俞大纲老师和陈之藩夫人，他们都是戏剧家，很高兴地纵论地方剧，忽然，那驾驶员说：

"川剧和湖北戏也都是有帮腔的呀！"

我肃然起敬，不是为他所讲的话，而是为他说话的架势，那种与一代学者比肩谈话也不失其自信的本色。

台北的人都知道自己有讲话的份，插嘴的份。

好几年前，我想找一个洗衣兼打扫的半工。介绍人找了一位洗衣妇来。

"反正你洗完了我家也是去洗别人家的，何不洗完了就替我打扫一下，我会多算钱的。"

她小声地咕哝了一阵，介绍人郑重宣布：

"她说她不扫地——因为她的兴趣只在洗衣服。"

我起先几乎大笑，但接着不由一凛，原来洗衣服也可以是一个人认真的"兴趣"。

原来即使是在"洗衣"和"扫地"之间，人也要有一本正经的抉择——有抉择才有自主的尊严。

带一位香港的朋友坐出租车去找一个地方，那条路特别不好找，出租车驾驶员找过了头，然后又折回来。

下车的时候，他坚持要扣下多绕了冤枉路的钱。

"是我看错才走错的，怎么能收你们的钱？"

后来死推活拉，总算用折中的办法，把争执的差额付了。香港的朋友简直看得愣住了，我觉得大有面子。

祝福那位驾驶员。

我家附近有一个卖水果的，本来卖许多种水果，后来改了，只卖木瓜，见我走过，总要说一句：

"老师，我现在卖木瓜了——木瓜专科。"

又过了一阵，他改口说：

"老师，现在更进步了，是木瓜大学了。"

我喜欢他那骄矜自喜的神色，喜欢他四个肤色润泽的活蹦乱跳的孩子——大概都是木瓜大学教育有功吧？

隔巷有位老太太，祭祀很虔诚，逢年过节总要上供。有一天，我经过她设在门口的供桌，大吃一惊，原来她上供的主菜竟是洋芋沙拉，另外，居然还有罐头。

后来想，倒也发觉她的可爱，活人既然可以吃沙拉和罐头，让祖宗或神仙换换口味有何不可？她的没有章法的供菜倒是有其文化交流的意义。

从前，在中华路平交道口，总是有个北方人在那里卖大饼，我从来没有见过那种大饼整个一块到底有多大，但从边缘的弧度看来直径总超过二尺[1]。

我并不太买那种饼，但每过几个月我总不放心地要去看一眼，我

---

[1] 这里指台尺，1台尺约为 0.30 米。——编者注

怕吃那种饼的人愈来愈少，卖饼的会改行。我这人就是"不放心"。
（和平东路拓宽时，我很着急，生怕师大当局一时兴起，把门口那开满串串黄花的铁刀木砍掉，后来一探还在，高兴得要命。）

那种硬硬厚厚的大饼对我而言差不多是有生命的，北方黄土高原上的生命，我不忍看它在中华路慢慢绝种。

后来不知怎么搞的，忽然满街都在卖那种大饼，我安心了，真可爱，真好，有一种东西暂时不会绝种了！

华西街是一条好玩的街，儿子对毒蛇发生强烈兴趣的那一阵子我们常去。我们站在毒蛇店门口，一家一家地去看那些百步蛇、眼镜蛇、雨伞节……

"那条蛇毒不毒？"我指着一条又粗又大的问店员。

"不被咬到就不毒！"

没料到是这样一句回话，我为之暗自感叹不已。其实，世事皆可作如是观。有浪，但船没沉，何妨视作无浪；有陷阱，但人未失足，何妨视作坦途。

我常常想起那家蛇店。

有一天，在一家公司的墙上看到这样一张小纸条：

"请随手关灯，节约能源，支援十大建设。"

看了以后，一下子觉得十大建设好近好近，好像就是家里的事，让人觉得就像自家厨房里要添抽风机，或浴室里要添热水炉，或饭厅里要添冰箱的那份热闹亲切的喜气——有喜气就可以省着过日子，省得扎实有希望。

为了整修"我们咖啡屋",我到八斗子渔港去买渔网,渔网是棉纱的,用山上采来的一种植物染成赭红色,现在一般都用尼龙的了,那种我想要的老式的棉纱渔网已成古董。

终于找到一家有老渔网的,他们也是因为舍不得,所以许多年来一直没丢,谈了半天,他们决定了价钱:

"二角三!"

"二角三"就是两千三百元的意思,我只听见城里市面上的生意人把一万元说成一块钱,没想到在偏僻的八斗子也是这样说的,大家说到钱的时候,全都不当回事,总之是大家都有钱了,把一万元说成一块钱的时候,颇有那种偷偷地志得意满而又谦逊不露的劲头。

有一阵子,我的公交月票掉了,还没补办好再买的手续以前,我只好每次买票——但是因为平时没养成那个习惯,每看见车来,很自然地跳上去了,等发现自己没有月票,人已经在车上了。

这种时候,车掌[1]多半要我就便在车上跟其他乘客买票——我买了,但等我付钱时那些买主竟然都说:"算了,不要钱了。"一次犹可,连着几次都是这样,使我着急起来,那么多好人,令人"无所逃于天地之间",长此以往,我岂不成了"免费乘车良策"的发明人了,老是遇见好人也真是让人非常吃不消的事。

我的月票始终没去补办,不过却幸运地被捡到的人辗转寄回来了,我可以高高兴兴地不再受惠于人了——不过偶然想起随便在车上都能遇见那么多肯"施惠于人"的好人,可见好人倒也不少,台北究竟还是个适合人住的地方。

---

[1]　电车司机的旧称。——编者注

在一家最大规模的公立医院里，看到一个牌子，忍不住笑了起来，那牌子上这样写着：

"禁止停车，违者放气。"

我说不出的喜欢它！

老派的公家机关，总不免摆一下衙门脸，尽量在口气上过官瘾，碰到这种情形，不免要说：

"违者送警"或"违者法办"。

美国人比较干脆：只简简单单的两个大字"No Parking"——"勿停"。

但口气一简单就不免显得太硬。

还是"违者放气"好，不凶霸不懦弱，一点不涉于官方口吻，而且憨直可爱，简直有点孩子气的作风——而且想来这办法绝对有效。

有个朋友姓李，不晓得走路的习惯是偏于内八字或外八字——总之，他的鞋跟老是磨得内外侧不一样厚。

他偶然找到一个鞋匠，请他换鞋跟，很奇怪的是，那鞋匠注视了一下，居然说："不用换了，只要把左右互调一下就是了，反正你的两块鞋跟都还有一半是好用的！"

朋友大吃一惊，好心劝告他这样处处替顾客打算，哪里有钱赚，他却也理直气壮：

"该赚的才赚，不该赚的就不赚——这块鞋底明明还能用。"

朋友刮目相看，然后试探性地问他：

"做了一辈子事，退了役还得补鞋，政府真对不起你。"

"什么？人人要这样一想还得了，其实只有我们对不起政府，政府哪有什么对不起我们的。"

朋友感动不已，嗫嗫嚅嚅地表示要送他一套旧西装（他真的怕会侮辱他），他倒也坦然接受了。

不知为什么，朋友说这故事给我听的时候，我也不觉陌生，而且真切得有如今天早晨我才看过那老鞋匠似的。

有一次在急诊室看医生救病人，病人已经昏迷了，氧气罩也没用了，医生狠劲地用一个类似皮球的东西往里面压缩氧气。

至少是呼吸系统有毛病。

两个医生轮流压，像打仗似的。

渐渐地，他清醒了，但仍说不出话来，医生只好不断发问来让他点头摇头，大概问十几个问题才碰得上一个点头的答案。

他是在路上发病的，一个亲人也没有，送他来的是一个不相干的人。

后来发现他可以写字——虽然他眼睛一直是闭着的。

医生问他的病历，问他是不是服过某些成药，问他现在的感觉，忽然，那医生惊喜地叫了一声：

"写下去，写下去，再写！你写得真好——哎，你的字好漂亮呀！"

整个急救的过程，我都一面看一面佩服，但是当他用欢呼的声音去赞美那病人不成笔画的字的时候，我却为之感动得哽咽起来。

病人果真一路写下去。

也许那病人想起了什么，虽然闭着眼睛，躺在床上仰面而写，手是从生死边缘被救回来的颤抖不已的手——但还有人在赞美他的字！也许是颜体的，也许是柳体的，也许什么都不是，只是一个活着的人写的字，可贵的是此刻他的字是"被赞美的字"。

那医生救人的技能来自课本，但他赞美病人的字迹却来自智慧和爱心，后者更足以使整个急救室像殿堂一样地神圣肃穆起来。

在澄清湖的小山上爬着，爬到顶，有点疑惑不知该走哪一条路回去，问道于路旁的一个老兵。

那人简直不会说话得出奇，他说：

"看到路——就走，看到路——就走，再看到路——再走，就到了。"

我心里摇头不已，怎么碰到这么呆的指路人！

赌气回头自己走，倒发现那人说得也没错，的确是"看到——就走"，渐渐地，也能咀嚼出一点那人言语中的诗意来。天下事无非如此，"看到路——就走"，哪有什么一定的金科玉律，一部二十五史岂不是有路就走——没有路就开路，原来万物的事理是可以如此简单明了——简单明了得有如呆人的一句呆话。

西谚说："把幸运的人丢到河里，他都能口衔宝物而归。"我大概也是幸运的人，生活在这座城里，虽也有种种倒霉事，但奇怪的是，我记得住的而且在心中把玩不已的全是这些可爱的片断！这些从生活的渊泽里捞起来的种种不尽的可爱。

一句好话

　　小时候过年，大人总要我们说吉祥话，但碌碌半生，竟有一天我也要教自己的孩子说吉祥话了，才蓦然警觉这世间好话是真有的，令人思之不尽，但却不是"升官""发财""添丁"这一类的，好话是什么呢？冬夜的晚上，从爆白果的馨香里，我有一句没一句地想起来了。

"你们爱吃肥肉还是瘦肉？"

　　讲故事的是个年轻的女佣名叫阿密，那一年我八岁，听善忘的她一遍遍重复讲这个她自己觉得非常好听的故事，不免烦腻，故事是这样的：

　　有个人啦，欠人家钱，一直欠，欠到过年都没有还哩，因为没有钱还嘛！后来那个债主不高兴了，他不甘心，所以到了吃年夜饭的时候，就偷偷跑到欠钱的家里，躲在门口偷听，想知道他是真没有钱还是假没有钱，听到开饭了，那欠钱的说："今年过年，我们来大吃一顿，你们小孩子爱吃肥肉还是瘦肉？"（顺便插一句嘴，这是个老故事，那年头的肥肉瘦肉都是无上美味。）

那债主站在门外，听得清清楚楚，气得要死，心里想，你欠我钱，害我过年不方便，你们自己原来还有肥肉瘦肉拣着吃哩！他一气，就冲进屋里，要当面给他好看，等到跑到桌上一看，哪里有肉，只有一碗萝卜、一碗番薯，欠钱的人站起来说："没有办法，过年嘛，萝卜就算是肥肉番薯就算是瘦肉，小孩子嘛！"

原来他们的肥肉就是白白的萝卜，瘦肉就是红红的番薯。他们是真穷啊，债主心软了，钱也不要了，跑回家去过年了。

许多年过去了，这个故事每到吃年夜饭时总会自动回到我的耳畔，分明已是一个不合时宜的老故事，但那个穷父亲的话多么好啊，难关要过，礼仪要守，钱却没有，但只要相恤相存，菜根也自有肥腴厚味吧！

在生命宴席极寒俭的时候，在关隘极窄极难过的时候，我仍要打起精神对自己说：

"喂，你爱吃肥肉还是瘦肉？"

"我喜欢跟你用同一个时间。"

他去欧洲开会，然后转美国，前后两个月才回家，我去机场接他，提醒他说："把你的表拨回来吧，现在要用台湾时间了。"

他愣了一下，说：

"我的表一直是台湾时间啊！我根本没有拨过去！"

"那多不方便！"

"也没什么，留着台湾的时间我才知道你和小孩在干什么，我才能想象，现在你在吃饭，现在你在睡觉，现在你起来了……我喜欢跟你用同一个时间。"

他说那句话，算来已有十年了，却像一幅挂在门额的绣锦，鲜红的底子历经岁月，却仍然认得出是强旺的火。我和他，只不过是凡世中，平凡又平凡的男子和女子，注定是没有情节可述的人，但久别乍逢的淡淡一句话里，却也有我一生惊动不已、感念不尽的恩情。

"好咖啡总是放在热杯子里的！"

经过罗马的时候，一位新识不久的朋友执意要带我们去喝咖啡。

"很好喝的，喝了一辈子难忘！"

我们跟着他东抹西拐、大街小巷地走，石块拼成的街道美丽繁复，走久了，让人会忘记目的地，竟以为自己是出来踏石块的。

忽然，一阵咖啡浓香侵袭过来，不用主人指引，自然知道咖啡店到了。

咖啡放在小白瓷杯里，白瓷很厚，和中国人爱用的薄瓷相比，另有一番稳重笃实的感觉。店里的人都专心品咖啡，心无旁骛。

侍者从一个特殊的保暖器里为我们拿出杯子，我捧在手里，忍不住惊讶道："咦，这杯子本身就是热的哩！"

侍者转身，微微一躬，说："女士，好咖啡总是放在热杯子里的！"

他的表情既不兴奋也不骄矜，甚至连广告意味的夸大也没有，只是淡淡地在说一句天经地义的事而已。

是的，好咖啡总是应该斟在热杯子里的，凉杯子会把咖啡带凉了，香气想来就会蚀掉一些，其实好茶好酒不也都如此吗？

原来连"物"也是如此自矜自重的，《庄子》中的好鸟择枝而栖，西洋故事里的宝剑深揳石中，等待大英雄来抽拔，都是一番万物的清贵，不肯轻易亵慢了自己。古代的禅师每从喝茶喂粥中去感悟众生，不知道罗马街头那端咖啡店的侍者也有什么要告诉我的，我多愿自己也是一份千研万磨后的香醇，并且慎重地斟在一只洁白温暖的厚瓷杯里，带动一个美丽的清晨。

"将来我们一起老。"

其实，那天的会议倒是很正经的，仿佛是有关学校的研究和发展之类的。

有位老师，站了起来，说："我们是个新学校，老师进来的时候都一样年轻，将来要老，我们就一起老了……"

我听了，简直是急痛攻心，赶紧别过头去，免得让别人看见眼泪——从来没想到原来同事之间的萍水因缘也可以是这样的一生一世啊！学院里平日大家都忙，有的分析草药，有的解剖小狗，有的带学生做手术，有的正埋首典籍……研究范围相差既远，大家都无暇顾及别人，然而在一度一度的后山蝉鸣里，在一阵阵的上课钟声间，在满山台湾相思芬芳的韵律中，我们终将垂垂老去，一起交出我们的青春而老去。

能为一个学校而老，能跟其他的一时俊彦一起老，能看着一批批的孩子长大而心安理得地去老，也算是一种幸福。

"你长大了，要做人了！"

汪老师的家是我读大学的时候就常去的，他们没有子女，我在那里从他读《花间词》，跟着他的笛子唱昆曲，并且还留下来吃温暖的羊肉涮锅……

大学毕业，我做了助教，依旧常去。有一次，因为买不起一本昂价的书，便去找老师给我写张名片，想得到一点折扣优待。等名片写好了，我拿来一看，忍不住叫了起来："老师，你写错了，你怎么写'兹介绍同事张晓风'，应该写'学生张晓风'的呀！"

老师把名片接过来，看看我，缓缓地说："我没有写错，你不懂，就是要这样写的。你以前是我的学生，以后私底下也是，但现在我们在一所学校里，你是助教，我是教授，阶级虽不同却都是教员，我们不是同事是什么！你不要小孩子脾气不改，你现在长大了，要做人了，我把你写成同事是给你做脸，不然老是'同学''同学'的，你哪一天才'成人'？要记得，你长大了，要做人了！"

那天，我拿着老师的名片去买书，得到了满意的折扣，至于省掉了多少钱我早已忘记，但不能忘记的却是名片背后的那番话。直到那一刻，我才在老师的爱纵推重里知道自己是与学者同其尊、与长者同其荣的，我也许看来不"像"老师的同事，却已的确"是"老师的同事了。

竟有一句话使我一夕成长。

送你一个字

—— 给一个常在旅途上的女子

莹：

"行"是一个美丽的字，我想把它送给你，顺便也想戏称你一声"行者"。行者不免令人联想到孙悟空，不过，我要说的行者就只简单地指"行路之人"。

远在汉代，文字学家许慎在为文字分类的时候，就把汉字分成了五百四十个部首，其中有一个赫然便是"行"。换句话说，"行"是我们生活中的大项目，大到足以成为一个部首，就像水、火、土、鸟、田……都是大项目一般。那时代真好玩，仿佛在许慎的归纳下，老百姓全然在这五百四十个部首里活着，在这五百四十个项目下进行其生老病死。当然，至今我们要到字典里去"抓字"的时候，正规的抓法还是查部首。宇宙虽大，物象虽繁，却都乖乖各自待在它所从属的部首里，就算科学家新掏掘出了一些新玩意儿，一样可以收编为"铀"或"镭"或"氢"或"氧"……

但"行"不是被收编的，它是部首级的字，它有其完整自足的意义，它收编别人。

"行"是什么意思呢？

有趣的是，许慎虽比我们早生两千年，但他只懂小篆，旁及大篆，对那批早于汉代大约一千五百年的甲骨文他竟无缘得识。反而是我们二十世纪以后的后生小子，有幸隔着博物馆的玻璃，去亲眼见识到那些三千五百年前的骨片，更能在印刷精美的书页上把玩那遒劲的一笔一画。

"行"字在甲骨文时代是长成这个样子的：

这又是什么意思呢？

啊！简单地说，它就是十字路口。更有意思的是，这四条通衢大道全都没有收口。明摆着"一径入天涯"的迢遥途程。这和数学上的象限不同。象限是四个区块，四个区块其实仍然只是四个辖地。但"行"却是四个方向，它可南可北、可东可西，它是大地之上呈带状的无限可能。它又酷似十字架，但十字架是有封口的，十字架是古往今来的纵线加上左舒右展的横线，然后在其上钉下一具牺牲者的肉体。而"行"是释放了的十字架，供凡人如你我可以得其救赎，因而可以大踏步地去冲州撞府，可以去披星戴月，可以在重关复隩，在山不穷水不尽的后土上放牧自我。

以上是"行"的第一定义。

而"行"还有第二定义，下定义的是许慎，在他的《说文解字》里，"行"字成了"彳"和"亍"的结合。彳和亍可以解释作左脚和右脚的交互前行，也可以解释作"行"加上"止"的旅人轨迹——我比较喜欢后面这个定义。

相较之下，甲骨文时代的"行"是名词，是无限江山。而小篆中的"行"是动词，是千里行脚。两者都跟你有关，因为你是那健康、自信、美丽、高雅的女子，你是穿阡越陌，在里巷中又行又止的人。好的旅行家，如你，是亦行亦止的，因为只有"行"，才能去到远方，只有"止"，才能凝神倾听，才能涣然了解，才能勃然动容，然后，才有琐细入微的记忆和娓娓道来的缕述。

　　很高兴你今又有远行，很佩服你一再出发。于我，因为方历大劫，一时尚在休养生息，但是倒也无妨于出入唐、宋，游走魏、晋，在历史中徜徉。所以，朋友啊，容许我小里小气，把刚才分明已经赠送给你的"行"字，也拿回来回赠给自己吧！

我有一根祈雨棍

我有一根祈雨棍，我花钱买来的。

买的地点在加拿大的哥伦比亚冰原，这根据说是北美印第安人用的。一般观光客为了省钱省力，大概会买根短棍（一尺或二尺长）做纪念品也就罢了。我却贪心，买了根最长的，是根足足四尺的长棍，店主人说祈雨棍最长也就这么长了。而棍子的直径大约是四厘米。

扛着这么根长棍，我又一路旅行到阿拉斯加，在海湾里看杀手鲸和海豚优游，看冰崖雪崩的惊心景状。无论走到哪里，这大棍简直像平剧[1]舞台上的齐眉棍，一路引人注目。

祈雨棍的材料是大仙人掌的空心直杆。杆子上原来长满一寸长的利刺，但在制作的时候他们先把杆子晒干，然后很巧妙地把一根根外刺反塞到棍子的内腹部，变成固定的内刺。一根棍子摘了刺，又晒得滑溜干挺，十分趁手。他们再把些小沙小石灌进棍子中空的位置，封

---

[1] 京剧的旧称。——编者注

好封口，晃动棍子，小沙小石便在众刺中间游走。密封的棍子是极好的共鸣箱，一时之间只闻飞沙走石之声盈盈乎耳，仿佛天风折黄云，迅雷动百草，大雨，显然已迫在眉睫，立刻会兜头兜脸的下来。

想当年，莽莽的大草原上，清晨时分，上百巫师，一起举起他们的祈雨棍，那轰轰然如飙风、如阵雷的声音节奏，必然令人动容。

我不是农人，对下雨不太有概念，雨对都市人造成种种不便，都市人简直希望雨水应该自动消失才好。但近年来水库缺水，我才蓦然惊觉原来雨水比汽油、比金子都可贵。对了，如果雨水是人，我要劝他也不宜太好心，充分供应之余就会产生一群忘恩负义的家伙。应该适度缺货，人类才有"大旱望云霓"的谦卑渴想。人类很贱，过不得好日子，并且从来不懂得珍惜上帝不经祈求就赐下来的东西，像日光、像空气。

回到台湾，我把祈雨棍好好珍藏，并且不时拿出来晃两下，聆听那风狂雨骤的声音。祈雨棍提醒我做人宜卑微，原来，无论多么心高气傲的族类，真正碰到长期不下雨的场面，也不免慌了手脚。人类虽然也应自尊自重，但另一方面却也急需知道自己的有限有穷，能有一根祈雨棍来向我耳提面命，令我自卑自迹，也真是一件好事。

亲爱的上苍，请给我顺遂，请给我丰裕，但也时时容我稍稍感受枯竭的惶急和伤痛。这样，在大雨沛然之际，我才懂得感恩。而且，如果我已顺遂到不知惶急和伤痛为何物，恐怕在这地球上，有一半的人口在忍受的那种心情已与我绝缘。

枯焦的大地上，我不尊贵，我俯伏，我是为普世的大旱跪求一滴甘霖的祈雨者。

情 怀

陈师道的诗说：

"好怀百岁几时开？"

其实，好情怀是可以很奢侈地日日有的。

退一步说，即使不是绝对快活的情怀，那又何妨呢？只要胸中自有其情怀，也就够好了。

一

校车过中山北路，偶然停在红灯前。一阵偶然的阳光把一株偶然的行道树的树影投在我的裙子上。我惊讶地望着那参差的树影——多么陌生的刺绣，是湘绣？还是苏绣？

然后，绿灯亮了，车开动了，绣痕消失了。

我那一整天都怀抱着满心异样的温柔，像过年时乍穿新衣的小孩，又像猝然间被黄袍加身的帝王，忽觉自己无限矜贵。

二

在乡间的小路边等车，车子死也不来。

我抱书站在那里，一筹莫展。

可是，等车不来，等到的却是疏篱上的金黄色的丝瓜花，花香成阵，直向人身上扑来，花棚外有四野的山、绕山的水、抱住水的岸，以及抱住岸的草，我才忽然发现自己已经陷入美的重围了。

在这样的一种驿站上等车，车不来又何妨？事不办又何妨？

车是什么时候来的？我忘了。事是怎么办的，我也忘了，长记不忘的是满篱生气勃勃照眼生明的黄花。

三

另一次类似的经验是在夜里，站在树影里等公车。那条路在白天车尘沸扬，可是在夜里静得出奇。站久了我才猛然发现头上是一棵开着香花的树，那时节是暮春，那花是乳白色须状的花，我好像在什么地方听过它叫马缨花。

暗夜里，我因那固执安静的花香感到一种互通声息的快乐，仿佛一个参禅者，我似乎懂了那花，又似乎不懂。懂它固然快乐——因为懂是一种了解，不懂又自是另一种快乐——唯其不懂才能挫下自己的锐角，心悦诚服地去致敬。

或以香息，或以色泽，花总是令我惊奇诧异。

四

五月里，我正在研究室里整理旧稿，一只漂亮的蓝蜻蜓忽然穿窗而入。我一下子措手不及，整个乱了手脚，又怕它被玻璃橱撞昏了，又想多挽留它一下，当然，我也想指点它如何逃走。

但整个事情发生得太快，它一会儿撞到元杂剧上，一会儿又撞在《全唐诗》上，一会儿又撞到莎剧全集上，我简直不知怎么办才好。

然后，不着痕的，仅仅在几秒之间，它又飞走了。

留下我怔怔地站在书与书之间。

是它把书香误作花香了呢？还是它蓄意要来棒喝我，要我惊悟读书一世也无非东撞一头西碰一下罢了。

我探头窗外，后山的岩石垒着岩石，相思树叠着相思树，独不见那只蜻蜓。

奇怪的是仅仅几秒的遇合，研究室中似乎从此就完全不一样了，我一直记得，这是一间蓝蜻蜓造访过的地方。

五

看儿子画画，忍不住"扑哧"一声笑了出来。

他用原子笔画了一幅太阳画，线条很仔细，似乎有人在太空漫步，有人在太空船里，但令我失笑的是由于他正正经经地画了一间"移民局"。

这一代的孩子是自有他们的气魄的。

六

十一月，秋阳轻软如披肩，我置身在一座山里。

然后一个穿大红夹克的男孩走入小店来，手里拿着一叠粉红色的信封。

小店的主人急急推开木耳和香菇，迎了出来，他粗戛着嗓子叫道：

"欢迎，欢迎，喜从天降！你一来把喜气都带来啦！"

听口音，是四川人，我猜想他大概是退役的老兵，那腼腆的男孩咕哝了几句又过了街到对面人家去挨户送帖子了。

我心中莫名地高兴着，在这荒山里，有一对男孩女孩要结婚了，也许全村的人都要去喝喜酒，我是外人，不能留下来参加婚宴，但也一团欢喜，看他一路走着去分发自己的喜帖。

深山，淡日，万绿丛中红夹克的男孩，用毛笔正楷写得规规矩矩的粉红喜柬……在一个陌生过客的眼中原是可以如此亲切美丽的。

七

我在巷子里走，那公寓顶层的软枝黄蝉郸郸地垂下来。

我抬头仰望，站得像悬崖绝壁前的面壁修道人。

真不知道那花为什么会有那么长又那么好听的名字，我仰着脖子，定定地望着一片水泥森林中的那一涡艳黄，觉得有一种窥伺不属于自己的东西的快乐。

我终于下定决心去按那家的门铃。请那主妇告诉我她的电话号码，我要向她请教跟花有关的事，她告诉我她是段太太。

有一个心情很好的黄昏，我跟她通话。

"你府上是安徽？"说了几句话以后，我肯定地说。

"是啊，是啊！"她开心地笑了，"你怎么都知道啊？我口音太重了吧？"

问她花怎么种得那么好，她谦虚地说也没什么秘方，不过有时把洗鱼洗肉的水随便浇浇就是了。她又叫我去看她的花架，不必客气。

她说得那么轻松，我也不得要领——但是我忽然发觉，我原来并不想知道什么种花的窍门，我根本不想种花，我在本质上一向不过是个赏花人。可是，我为什么要去问呢？我也不知道，大概只是一时冲动，看了开得太好的花，我想知道它的主人。

以后再经过的时候，我的眼睛照例要搜索那架软枝黄蝉，并且有一种说不出的安心——因为知道它是段太太的花，风朝雨夕，总有个段太太会牵心挂意，这个既有软枝黄蝉又有段太太的巷子是多么好啊！

我是一个很容易就不放心的人——却也往往很容易就又放了心。

八

有一种病，我大概平均每一年到一年半之间，一定会犯一次——我喜欢逛旧货店。

旧货店不是古董店，古董店有一种逼人的贵族气息，我不敢进去。那种地方要钱、要闲，还要有学问，旧货店却是生活的，你如果买了旧货，不必钉个架子陈设它，你可以直接放在生活里用。

我去旧货店多半的时候其实并不买，我喜欢东张西望地看，黑洞洞不讲究装潢的厅堂里有桌子、椅子、柜子、床铺、书、灯台、杯子、熨斗、碗勺、刀叉、电唱机、唱片、洋娃娃、龙虾或玳瑁的标本、钩花桌巾……

我在那里摸摸翻翻，心情又平静又激越。

——曾有一些人在那里面生活过。

——在人生的戏台上，它们都曾是多么称职的道具。

——墙脚的小浴盆，曾有怎样心慌意乱的小母亲站在它面前给新生的娃娃洗澡？

——门边的咖啡桌，是被哪个粗心的工人烫了三个茶杯印？

——那道书桌上的明显刀痕是不是小孩子弄的？他闯了祸不知道有没有挨骂？

——龙虾标本的尾巴是怎么伤到的？

——烟灰缸怎么砸了一小角，是谁用强力胶粘上去的？

——那茶壶泡过多少次茶才积上如此古黯的茶垢？那人喝什么茶？乌龙？还是香片？

——酌过多少欢乐，那尘封的酒杯？

——照暖多少夜晚，那落地灯？

我就那样周而复始地摩挲过去，仿佛置身散戏后的剧场，那些人都到哪里去了？死了？散了？走了？或是仍在？

有人吊贾谊，有人吊屈原，有人吊大江赤壁中被浪花淘尽的千古英雄。但每到旧货店去，我想的是那些无名的人物，在许多细细琐琐的物件中，日复一日被消磨的小民。

泰山封禅，不同的古体字记载不同的王族。燕山勒铭，不同的石头记载不同的战勋。那些都是一些“发生”，一些“故事”。

我喜欢看到“故事”和“发生”。

那么真实强烈而又默无一语，生命在那里起灭，生活在那里完成，我喜欢旧货店。

九

我有一个黑色的小皮箱，是旅行时旧箱子坏了，朋友临时送我的。

朋友是因为好玩，跟她一个邻居老先生在"汽车间市集"（即临时买旧货处）贱价买来的。

把箱子转交给我的时候，她告诉我那号码是〇八八，然后，她又告诉我当时卖箱子的老先生说，他所以选〇八八，是因为中学踢足球的时候，背上的号码是〇八八。

每次开合箱子，我总想起那素昧平生的老人，想起他的少年，想起大红色的球衣，以及球衣背后的骄傲号码，是不是被许多男孩嫉妒的号码？是不是令许多女孩疯狂的号码？

每次一开一合间，我所取出存进的岂是衣衫杂物，那是一个呼之欲出的故事，一个鲜明活跃的特写，一种真真实实曾在远方远代进行的发生。

我怎么会惦念着一个不知名姓的异乡老人呢？这里而似乎有些东方式的神秘因缘。

或开，或合，我会在怔忡不解中想起那已是老人的背号为〇八八号的球员。

十

和旧货店相反，我也爱五金店。

旧货店里充满"已然"、充满"旧事"，而五金店里的一张搓板或一块海绵却充满"未知"。

"未知"使我敬畏、使我惘然，我站立在五金店里总有万感交集。

仿佛墨子的悲丝，只因为原来食于一棵桑树、养于一双女手、结茧于一个屋檐下的白丝顷刻间便"染于黄则黄""染于苍则苍"。它们将被织成什么？绣成什么？它们将去什么地方？它们将怎样被对待？它们充满了一切好的和坏的可能性。

墨子因而悲怆了。

而我站在五金店里，望着那些堆在地下的、放在架上的，以及悬在头上的交叠堆砌的东西，也不禁迷离起来。

都是水壶，都是同一架机器的成品，被买去了当然也都是烧水用的。但哪一个，会去一个美丽的人家，是个"有情人喝水都甜"的地方？而哪一个将注定放在冷灶上，度它的朝晨和黄昏？

一式一样的饭盒，一旦卖出去，将各装着什么样口味的菜？给一个怎样的孩子食用？那孩子——一边天天吃着这只饭盒，一边又将茁长为怎样的成人？

同样的垃圾桶将吞吐怎样不同的东西？被泡掉了滋味的茶渣？被食去了红瓤的瓜皮？一封撕碎的情书？一双过时的鞋？

五金店里充满一切可能性，一切属于小市民生活里的种种可能性。

我爱站在五金店里，我爱站在一切的"未然"之前，沉思，并且为想不通的事情惊奇。

十一

这个世界充满了权威和专家，他们一天到晚指导我们——包括我们的婚姻。

婚姻指导的书也不知看过多少本了，反正看了也就模糊了。

但在小食摊上看到的那一对，却使我不能忘记。

那天刚下过小雨，地上是些小水洼，摊子上的生意总是忙的，不过偶然也有两分钟的空间。那头家穿着个笨笨的雨靴，偷空跑去踩水，不知怎的，他一闪，跌坐在地上。

婚姻书上是怎么说的？好像没看过，要是丈夫在雨地里跌一跤，妻子该怎么办？

那头家自己爬了起来，他的太太站在灶口上事不关己似的说：

"应该[1]！应该！啊哟，给大家笑，应该，那么大的人，还去踩水玩。应该……"她不去拉他，倒对着满座客人说自家人的不是。我小心地望着，不知下一步是什么，却发觉那头家转身回来，若无其事地炒起蚵仔煎来。

我惊得目瞪口呆。

原来，这样也可以是一种婚姻。

原来，他们是可以骂完或者打完而不失其为夫妻的，就像手心跟手背，他们根本不知道"分"是什么。

我偷眼看他们，他们不会照那些权威所指导的互赠鲜花吧？他们的世界里也不像有"生日礼物"或"给对方一个惊喜"的事，他们是怎么活下去的？他们怎么也活得好端端的？

他们的婚姻必然有其坚韧不摧的什么，必然有其雷打不散的什么，必然有婚姻专家搞不懂的什么。年轻的情侣和他们相比，是多么容易受伤，对方忘了情人节，对方又穿了你讨厌的颜色，对方说话不得体……而站在蚵仔煎铁锅后的这一对呢？他们忍受烟熏火燎，他们共度街头

---

[1]　闽南语，活该的意思。——编者注

的雨露风霜，但他们一起照料小食摊的时候，那比肩而立的交叠身影是怎样扎实厚重的画面，夜深后，他们一起收拾锅碗回家的影子又是怎么惊心动魄的美感。

像手心跟手背，可以互骂、可以互打，也可以相与无一言，但硬是不知道什么叫"分"——不是想分或不想分，而是根本弄不清本来一体的东西怎么可能分。

我要好好想想这手册之外的婚姻，这权威和专家们所不知道的中国爱情。

我仿佛看见

一

秀治啊！

上天怎会生成一个像你这样的女子。这样一个锦心绣肠的女子！

你的绣件挂在台北故宫博物院的展览场里，这个一向展出宫中旧玩的地方，忽然把现代人的刺绣、雕刻、陶艺一起推出，不免令人讶异。仔细想想，倒也没错，从前的艺人侍奉皇帝，现在皇帝没有了，艺术家为我们市井小民提供可触可见的美感，这是一个不再有尧舜，却人人可以为尧舜的时代。

你的刺绣和别人的作品使展览场庄穆凝肃，如同牲礼使殿堂神圣。在这样好的时间、这样好的地点，有这样好的人和事相遇。

二

而刺绣是何年何月开始的艺术？我仿佛看见，在嫘祖抽丝的腕底，在石针穿孔的慧心，在远古的年代，中国人已开始用千丝万缕来刺绣了吧？

而你，秀治，刺绣的女子，我仿佛看见，你沿着时间的轨迹行来，你是历代中国女子巧手的新传人，一根长长的绣线自古至今牵扯不断之际，你的针却已扎向现代。

"绣这样一幅画！"我问得极外行，"要几针啊？"

"没算过，但几十万针总有的。"

秀治啊！这样的出发岂不也是天涯行脚，我仿佛看见，一针一针，针针都是险境，针针都是犯难。你这样千山万水行来，其间有多少跋涉，我们又怎能知道，我们只见你心闲气定低头抚筝，哪里知道你所行经的穷山恶水。

三

有一年，我们组团去北美和欧洲，有人带着吉他，有人带着巴松，有人带着剧本，有人带着美好的肉嗓，而秀治，你最累，你带着你的二十幅刺绣。"她不是杨秀治吗？为什么身份证上是陈秀治？"负责办手续的女孩来问我。

"她曾经是养女，杨是她的本姓。"

我简单地回答，却知道那是一段长长的不简单的历程。我仿佛看见当年幼小的你才刚满月，便被大人抱着，走过曲折的巷陌，跨过田间的沟渠，送到别人的家去，去做别人的女儿。养女风俗也许真的不好，但因你的人好，也因养母人好，整个故事仍然是一则爱的故事。那些年，我不知道你曾经经历些什么，但我知道，我们一起作息的那两个月里，整个团里最早起来的是你，最晚睡去的是你。进入会场，你总第一个着手布置，离开会场，你必然是收拾善后到最后一秒钟的人。有委屈，也见你微笑，有病痛，也只见你隐忍，一个人，竟可以好成这样子，真令人惊奇。用强力去压石头，只能得到一堆碎石，但压一枚甜橙，却汩汩然流出丰盈的汁液。秀治，我不知道你如何学会宽柔含忍和勤奋自重，我却仿佛看见一粒橙核如何钻出地面，如何成树开花结实，并且从伤痕中倾出甜美的果汁。

四

在旧金山的展览会场，有一个男子走过来，坐下，望着你。

"奇怪，我好像在哪里看过你，怎么那么眼熟？"

"我也觉得你好熟，你在台湾住哪里？"你说。

"丰原。"

"我也住过丰原。"

关系算出来了，那男子的外家和你母亲的娘家有些关联。

我多么羡慕你！至亲骨肉，人人都有，但要有远亲，却必须在一个地方住上一百年才行。奇怪，秀治，我以前想起你的刺绣，常常觉得是上帝给你的特别禀赋，又觉得是你在不自觉之际汲取了中国的文化——但那一天，我看到你巧遇乡亲，才忽然发觉你也属于村野小镇，属于泥土田畦。我仿佛看到你移到绣画上的是篱间的牵牛、屋角的野菊，是群山的横翠，是晨雾的布阵。秀治啊！原来你来自故国的神髓，也来自眼前亲和的大地的肌肤。

五

初中二年级，养母把你送还生母。你不敢向养着八个孩子的母亲要钱读书，于是，初二，就是你的最高学历了。

然后岁月便和一架缝纫机连在一起。用它替人缝嫁妆，用它为学生绣学号。我仿佛看见，日子那样日复一日在学号的十个阿拉伯数字间作颠来倒去的组合。在单调中亦自有乐趣，譬如说，有的小孩穷，你没有收他钱，那孩子简直呆了，不敢相信这种好运气。

然而我仿佛看见，那瘦小黑愣的你，一向自卑缩却的你，忽然隐隐感到身心里面有什么要迸裂、要挥扬的东西正在夺门欲出。当时的你，自己也说不出所以然来，那东西，便是多少人追求一生而不得的天宠，也有人一度获得后来又被上天夺回，那样东西是——创作的原动力。

我仿佛看见，像武侠小说里全身真气流布却因未受训练而苦无一技的侠士。你有着对人世的悲悯与关爱，你有着面对一尊民间泥塑而忘神揣摩的痴绝，你有着来自生活的、简朴的、当下直悟的智慧。然而，然而你却是既不精于剑也不娴于刀的侠士，你为此郁苦不安了。

然后，在家人的谅解和支持下，你北上学画。你试着把画移到布上，针是笔，线是彩，你摒弃了格子和描画，直接绣上去，奇怪的是不论是米勒的拾穗，或是宋人的草虫，你都可以手到擒来，用针线将之再现。

除了学画的快乐，明师益友的提携也令你感激兴奋。我仿佛看见当年的你，有一天，听说有一位梁寒操先生很欣赏你，想见你，但你因来自乡下，也不知此人是何许人物，及至贸贸然冲到中广，才忽然被森严的门禁吓了一跳，几乎徘徊不敢入。等知道梁先生的盛名，才发现他的平易谦和多么可贵。老一辈的贤达宗匠每有爱才癖，但，为什么，好人总让你碰到了，除了你常说的因为上帝爱你之外，恐怕还是你的善良、敬慎和力争上游招来的吧？

原来只想到台北来学画的，然而学到的却远比画多。我仿佛看到那年的你，如饥似渴的你，学国画、学素描、学书法、学写生、学着去读书，学着在别人的盛赞中只知感激而无闻于溢美，学着自信也学着谦卑。

六

开画展了，在一九七七年，由于是历史博物馆办的，所以并不出售。然而，裱框是要钱的，钱从哪里来？你是不愁的，总相信天不绝人。

天果然不绝人，有人送来十万元。笃定、天真和信任是你原来就有的美好品质，你相信事情会一步步变好，这一切原在你的意料中，但你还是大吃一惊，因为料不到过程如此曲折。

许多年前，一对夫妇在山上种苹果，怀孕七月的妻子忽患急性盲肠炎，下山来开刀。第二天婴儿早产了，先生带着刚满周岁又吵又闹的老大到处去筹钱。你知道了，亲自送了钱去，并且留下来照顾产妇。那家医院因为不是妇产科没有保温设备，天又冷，医生说孩子活不成了，你不相信，寒夜里抱着孩子挨到天亮。过了一个多月，母子平安出院，又回到山上种苹果去了。后来，各人忙各人的，也就没联系了。没想到事隔十几年，在你最需要钱的时刻，他们送来这笔巨款。

我仿佛看到那年的你，惯于给予的你对那一笔关爱早已忘掉，不料在画展前夕却及时反弹回来。真不可思议！秀治啊，看到你的人每每见你敬谨安拙地立在绣画旁边，词不达意地说上一两句话，却哪里知道你的生命充满起伏的情节，精彩而令人目不暇接！

七

看你的新作《雪虎》，心中鼓荡，如大江上饱胀的旧帆。

雪线以上，路迷东西，两只斑斓的猛虎在没膝的深雪中径行。秀治啊，我仿佛看见，你所绣的，岂不正是你自己吗？这些年来，你为人妻复为人母，一面照顾两个精力旺盛的小男孩，一面想要持续去绣几十万针才构成的一幅画，谈何容易！然而雪中的虎虽步步寒透指爪，却不失其威，返首待啸处，依旧天地回合，山川俯伏。

秀治啊，前路漫漫，我仿佛看见，你正是那举步维艰的女子。太长的路，太繁复的任务，秀治，我仿佛看见你的挣扎。然而，我是放心的，因为仿佛看到你惯有的、笃定的笑容。

八

如果艺术品能魂梦相通，待参观的人潮散尽，那些故宫中的木刻、玉器、铜器、竹雕或宋瓷想必会一一前来看这用现代针车绣成的画面。我仿佛听见它们说：

"啊哟，可惜，那些当皇帝的，都没看过这种刺绣呢！"

然后，我仿佛听到你那安静的绣画自己说话了：

"不是的，我不属于皇帝，我属于一个人人有尊严的时代，我属于一个村姑可以成为大匠的时代。"

秀治啊，我仿佛听见。

有些人

有些人，他们的姓氏我已遗忘，他们的脸却恒常浮着——像晴空，在整个雨季中我们不见它，却清晰地记得它。

那一年，我读小学二年级，有一个女老师——我连她的脸都记不起来了，但好像觉得她是很美的。有哪一个小学生心目中的老师不美呢！也恍惚记得她身上那片不太鲜丽的蓝。她教过我们些什么，我完全没有印象，但永远记得某个下午的作文课，一位同学举手问她"挖"字该怎么写，她想了一下，说："这个字我不会写，你们谁会！"

我兴奋地站起来，跑到黑板前写下了那个字。

那天，放学的时候，当同学们齐声向她说"再见"的时候，她向全班同学说："我真高兴。我今天多学会了一个字，我要谢谢这位同学。"

我立刻快乐得有如肋下生翅一般——我平生似乎再没有出现那么自豪的时刻。

那以后，我遇见无数学者，他们尊严而高贵，似乎无所不知。但他们教给我的，远不及那个女老师的多。她的谦逊，她对人不吝惜的称赞，使我突然间长大了。

如果她不会写"挖"字，那又何妨，她已挖掘出一个小女孩心中宝贵的自信。

有一次，我到一家米店去。

"你明天能把米送到我们的营地吗？"

"能。"那个胖女人说。

"我已经把钱给你了，可是如果你们不送，"我不放心地说，"我们又有什么证据呢？"

"啊！"她惊叫了一声，眼睛睁得圆突突，仿佛听见一件耸人听闻的罪案，"做这种事，我们是不敢的。"

她说"不敢"两字的时候，那种敬畏的神情使我肃然，她所敬畏的是什么呢？是尊贵古老的卖米行业？还是"举头三尺即在神明"？她的脸，十年后的今天，如果再遇到，我未必能辨认，但我每遇见那无所不为的人，就会想起她——为什么其他的人竟无所畏惧呢！

有一个夏天，中午，我从街上回来，红砖人行道烫得人鞋底都要烧起来似的。

忽然，我看到一个衣衫褴褛的中年人疲软地靠在一堵墙上，他的眼睛闭着，黧黑的脸曲扭如一截儿枯根。不知在忍受什么，他也许是中暑了，需要一杯甘冽的冰水。他也许很忧伤，需要一两句鼓励的话。但满街的人潮流动，美丽的皮鞋行过美丽的人行道，没有人驻足望他一眼。

我站了一会儿，想去扶他，但我闺秀式的教育使我不能不有所顾忌，如果他是疯子，如果他的行动冒犯我——于是我扼杀了我的同情，让我自己和别人一样漠然地离去。

那个人是谁？我不知道，那天中午他在眩晕中想必也没有看到我，我们只不过是路人。但他的痛苦却盘踞了我的心，他的无助的影子使我陷在长久的自责里。

上苍曾让我们相遇于同一条街，为什么我不能献出一点手足之情，为什么我有权漠视他的痛苦？我何以怀着那么可耻的自尊？如果可能，我真愿再遇见他一次，但谁又知道他在哪里呢？我们并非永远都有行善的机会——如果我们一度错过。

那陌生人的脸于我是永远不可弥补的遗憾。

对于代数中的行列式，我是一点也记不清了。倒是记得那细瘦矮小、貌不惊人的代数老师。

那年七月，当我们赶到联考考场的时候，只觉得整个人生都摇晃起来，无忧的岁月至此便渺茫了，谁能预测自己在考场后的人生？

想不到的是代数老师也在那里，他那苍白而没有表情的脸竟会奔波过两个城市而在考场上出现，是颇令人感到意外的。

接着，他蹲在泥地上，捡了一块碎石子，为特别愚鲁的我讲起行列式来。我焦急地听着，似乎从来未曾那么心领神会过。大地的泥土可以成为那么美好的纸张，尖锐的利石可以成为那么流利的彩笔——我第一次懂得。他使我在书本上的朱注之外了解了所谓"君子谋道"的精神。

那天，很不幸的，行列式并没有考，而那以后，我再没有碰过代数书，我的最后一节代数课竟是蹲在泥地上上的。我整个的中学教育也是在那无墙无顶的课室里结束的，事隔十多年，才忽然咀嚼出那意义有多美。

代数老师姓什么？我竟不记得了，我能记得国文老师所填的许多小词，却记不住代数老师的名字，心里总有点内疚。如果我去母校查一下，应该不甚困难，但总觉得那是不必要的，他比许多我记得姓名的人不是更有价值吗？

晴日手记

天气忽然好了，咦？居然说好就好了。因为已经坏了一个月，我几乎已经对它的阴阳怪气习以为常了。而今天它竟莫名其妙地好了，不免让人觉得诡异，总觉得这位叫"天气"的坏家伙一旦露出微笑，准是包藏祸心，打算在今天某一时某一刻对你说翻脸就翻脸，杀你个措手不及。哼，我才不上你的老当呢！

——可是中午过了，阳光依旧笑面迎人。看来并没有安排下什么害人的勾当，说不定，它真的改邪归正了，我却对他步步设防，不肯信任，是不是也忒小气了？

于是推开书，决定从研究室走出来，开车到阳明山去转一圈。一般而言，如果因缘凑巧，我一年要上四次阳明山。一年去四次是指春夏秋冬，春天有樱花、新枫和杜鹃，夏天有满山壁的粉色野生海棠，秋天是长茎阔叶山菊花，冬天，冬天可以在山径上找个咖啡座，坐下来独酌，在暖阳里。兴致好的话可以为每一朵过眼的白云起一个名字，例如，走快的叫"碧落客"，此三字最好用粤语念，声调利落斩截，至于身体长且走得慢的叫"迤逦纱白"……

去阳明山对我有如宗教仪式，某些人去耶路撒冷，某些人一生要去一次麦加，某些人去恒河畔的瓦拉纳西。但那些城市都多么遥远啊！阳明山距我的研究室却不到十千米，他不是我的"远亲"或"近邻"，他是我的"近亲兼近邻"。

出得研究室，只见蓝天白云阵仗俨然，看来今天的好天气是玩真的了。

因为有风，只见白云一队队缓缓移防，云后面是山，山如如不动，恒定稳镇，格外衬得白云每一寸行脚都被我看得一清二楚。

山路旁的斜坡上有家小店，小店比路面又高出五公尺，我买了杯咖啡，一面焐手，一面低头俯瞰山路上的来往行人。

忽然来了一人，一个上了年纪的男人，穿着一件红夹克，戴着墨镜，在路上散步，他低着头，随意踢着小石子。一个闲闲的、无害的老男孩。我一面喝咖啡，一面在晴暖的阳光下看这个人。唉，这家伙我是认识他的，却不曾近距离接触过，此刻我和他的垂直距离是五公尺，他看不见我，他也许刚从书房出来，只想做个日光淋浴，他没有回顾，更没打算抬头望，只一径专心踢着路边的石子。

但这人在三十多年前却有一阵子带给我极大的焦灼和痛苦，而现在，一切都过去了。我从五公尺高的户外咖啡花园俯看他，心中无喜无嗔。

三十多年前，有一天，出版人隐地气急败坏地来找我，爬上我家四楼，他几乎是惊魂甫定：

"我告诉你，糟了，那家伙一向爱告状，这一次居然告到你头上来了。他说，要和解，可以，得拿出一百万。"

"一百万？我哪来一百万给他，我陪他到法庭上去走走就是了！"

　　我闻知此人雅好诉讼，他把此事看作"成本一块钱的游戏"（状纸成本售价一元）。我也没钱请律师，就自己上庭去，这家伙却没有出庭。不久，法院判决寄来，我无罪。

　　他为什么告人成癖？也许为钱，也许为好玩。唉，诉讼难道真的很爽很好玩吗？而我被他选上据说是因为蒋中正死了，我写了悼念的文章，他看了不痛快，所以要安排点苦头让我尝尝。

　　而此刻，天如许蓝、云如许白、草如许绿、阳光如许熏暖、咖啡如许芳香的下午，我要为三十年前的法庭恩怨来心中暗咒山路上那个和我同沐于这些天宠下的家伙吗？算了，恨人也是要有力气的，此时此际，我要做的事是集中精神张开每一个毛细孔，来承受冬阳的恩膏，以及惠风的拂拭。三十年是多么漫长的岁月啊！李贺就只活了二十六岁，肺病诗人济慈的阳寿是一七九五年至一八二一年，另外一个同样死于二十六岁的是"初唐四杰"里的王勃，不同的是他死于"溺水获救后的忧郁症"。雪莱也死于溺水，但这事如果晚二十七天才发生便可以凑成三十岁。三十，这比某些天才一生还长的时间，也足够构成原谅或不在意的理由了吧！

　　这么好的晴日，我刚在道旁看到几丛肥美的山茼蒿野菜，待会儿摘它两把回去，晚餐可以煮成山蔬糙米粥，唉，人世真是如此安谧静好啊！

晓风过处

——落了单的晚宴

一

落了单？落单其实还有其先决条件呢！你必须身在某个群体中，纳入了群体之后，跟人家转来转去，并辔同席，然后，忽然，因为某种原因，你离了群，落了单……

我就有这么一次——

二

时间是夏末秋初，地点是西湖，这样的邀约很难拒绝吧？虽然会中也有些演讲座谈什么的，但真正诱人的当然还是那鉴古照今的一汪湖水。那潋滟的波光至今仍是可以澄心滤志的自然救赎。

那湖水，在地图上，属于杭州市，杭州市是浙江省的一部分，而浙江省又归属于中华人民共和国。但当我站在湖心亭畔，我却只见以苏东坡命名的苏堤和以白居易命名的白堤。西湖若是有主人，那主人只能是庄诗和媚词，或者，是令人惊悚错愕的元曲，以及娓娓道来的宋人平话小说……西湖和政权无关。西湖应该只属于那些历代歌之咏之的声音，恰如美人只属于她的情人，以及情人唱得高响遏云的赞美。因为，那声音中有记忆，有记忆，才有版图。

住在西湖畔的那几天，我心中一直想的是元人马致远和刘致的句子：

> 不知音不到此，宜歌、宜酒、宜诗。（《水仙子》）
> 贵何如？贱何如？六桥都是经行处。（《山坡羊》）

哎！真是好日子啊！眼前有景，口中有诗（虽然是别人的），身边又都是些才子才女，秋风在无限自适中且刻意和柔婉曲，竟有几分讨好人的意味，如水面传来的笛声。

但我自己知道自己有个毛病，不但我有，而且我们台湾艺文界全团都有，那就是我们喜欢自己人凑在一起。坐车，跟自己人坐；吃饭，跟自己人吃；说话，跟自己人说，倒也不是对别人有成见。而是，习惯跟自己熟知的人来厮混。

可是被邀开会，其实不就是希望与会的人能多跟新朋友彼此沟通互相切磋吗？我们这样习惯于自家人的体温，相守不离，当然不是好事，但我们谁都不想改变现状，去跟新的人来往，那是多么累啊！

麻烦的是，吃饭的桌子坐不下我们这些来自台湾的十几个人，一个不小心，你就得给挤到别人桌上去，而所谓别人，是指大陆各省来此赴会的人。

那天晚餐在"山外山"，这家餐厅和"楼外楼"齐名，我因事晚了一步，等我走到餐桌前，才发现桌子已坐满了。我一时悔恨万分，因为我起先曾动过一念，想用书包事先"占位子"，但又觉得这样做也太恶劣了一点。脸皮一薄，没下狠手，此刻后悔莫及，也不知出于真心还是勉力行善，有人说要让我坐，我想算了，我既不爱跟生疏的人同坐，他们想来也跟我一样，人同此心心同此理，才会天天窝在一起。算了算了，受苦就受苦吧！我于是拔脚离开，随便把自己插在某个桌子的缝隙里，开始尴尴尬尬地吃起饭来。

坐在我右侧的那男子话也不多，我想既然同桌，我总要跟他和他太太多说几句话才合理，远距离的同桌也许顾不到，但隔壁座的总要动动嘴皮吧！

于是硬着头皮应对了，原来对方来自上海，是玩金石的，名叫费名瑶，我们聊着聊着，我忽然想起来："咦？大会今天不是送我一块石头吗？你可以帮我刻吗？"

"不成问题，你吃过饭送到我房间来，我五分钟就能刻好。"

看样子，他好像不收费呢！他问我刻什么字什么体？我说刻四个字的小篆：晓风过处。

那天晚上我顺利地拿到新刻好的图章，自觉幸运无比。下午才刚有人送石头，晚餐后竟另有人替你刻好了。大富大贵之人虽值得羡慕，但如此顺顺当当的际遇仿佛有天使左右侍候，才更是令人感恩啊！而且，这一切的好情节都发生在那个好舞台上，那个名叫西湖的好舞台。

更有趣的是，这一切好因缘都由于我自认倒霉的一件事：我因为去迟了，或说因为不肯恶形恶状先霸占位子，以致落了单。

我原以为是世界末日，不料原来落了单以后，还是有好事会发生的，还是有可爱的人物会碰上的，还是有记忆可以供来日回首的。

西湖始自唐朝，及至南宋以后，众诗家几乎无人不写几句西湖，好像为人而不颂扬西湖就不合体统似的。我今日过西湖，能为自己留下一枚印记也算是盛事一件，我自己虽然不着一字，也算尽得风流了。至于那四个字中的"过处"二字是双关语。一方面是指我走过的轨迹；另一方面也代表我之为人也每有罪咎，凡我经过的地方，其实也正是我造成过错的地方，能记得自己是个"多过多错"之人，能因而对人世常怀几分愧疚，或许可以让自己终于进步成为"寡过之人"吧！

巷子里的老妈妈

巷子里有个妇人，一手提着一篮菜，一手提着个大袋子，正在东张西望。看到我，她讷讷地开了口：

"请问，你，是住在这条巷子里的人吗？"

"是的。"

"我是刚搬来的，我听人说这巷子里有个箱子可以丢旧衣服，你知道在哪里吗？"

"哦，本来是有一个，但最近不知什么时候给拆走了，听说是违章……"

"哎呀，"她叹了口长气，"真是糟糕，我的小孙子长得快，这一大包都是他穿不下的衣服，可是叫我当垃圾丢，我是丢不下手的呀！我们这种年纪的人是丢不来衣服的，都还是新新的嘛！可是要搬回去，我家又住四楼，我又买了一篮子菜……"

"这样吧，你把衣服放在我车上，我这两天要去内湖，内湖有个收衣站。我来替你丢。"

"啊！这就好了，"她的表情如获大赦，"太好了，没想到遇见贵人了。我的问题可以解决了。"

在她口中我变成了"贵人"，不过顺便帮她丢丢旧衣服，居然也可以做人家的"贵人"。但是转而一想，她说的也许很对，世上高官厚禄的显贵之人虽然很多，但刚好肯替她去丢衣服的人也许真的只有我一个。

那妇人大约是六十出头的年纪，穿件朴素的灰色衣裳，面容白皙洁净，语音柔和迟缓。看得出来家道不错，平生也不像吃过大苦，但她却显然属于深懂"惜物"之情的一代。

我想起我家的情况来了：

女儿每次和同学郊游回来，总带着烤肉用剩的酱油、色拉油、面包……乱七八糟一大堆。

我问她为什么要拿这些东西，她嗔道：

"都是你害的啦！从小叫我们不要丢东西，而我们同学都说丢掉。我如果不拿，他们就真的去丢掉。我不得已，只好拿回来。不然，难道眼睁睁看他们丢？"

我想，我实在是害她活得比别人辛苦些，但我们反正已属于"不丢族"，就认命吧！偶然碰到其他的"不丢族"，我总尽力表达敬意。像今天能碰到这位老妇人，或者说今天能被这老妇人碰到，真是很幸运的事，值得好好为她提供额外服务。

我甚至想，台湾之所以还没有坏到极致，全是像老妇人这种人物在撑着，她们不开车，不喝可乐或铝箔包装的果汁，她们绝不会把衣服只穿一季就丢掉，搞不好她们身上的那一件已经穿了十年，而她却从来不觉得有汰旧的必要。

是她，坚持不倒剩菜。是她，把旧汗衫改成抹布。是她，把茶叶渣变成肥料。是她，把长孙的衣服改一改又给了次孙。

这些老妈妈真的是社会之宝，虽然从来没有人给她们颁过一个奖。但我们真的不能少掉她们，她们是我们福泽的种子，我们大部分的官员如果撤换也不算什么，但这批老妈妈是不能撤换的，她们是乱象中的安定，是浮华中的朴实，是飞驰中的回顾，是夸饰中的真诚。我向老妈妈致敬。

第三辑

花树下，我还可以再站一会儿

地　篇

　　据说，古时的地字，是用两个土字为基本结构，而土字写作"Ω"。猛一看，忍不住怦然心跳，差不多觉得仓颉造了个"有声音效果的字"，仿佛间只见宇宙洪荒，天地蒙涌，一片又小又翠的叶子中气十足，"嘣"的一声蹿出地面，人类吓了一跳，从此知道什么叫土地。

　　《尔雅》——一本最古老的字典——上面说："地，底也，其体底下，载万物也。"看着，看着，开始不服气起来，分明是一本文字学的书嘛，怎么会如此像诗，把地说成最低最低的万物承载的摇篮，把地说成了人类的"底子"，世上还有比这更好的解释吗？

　　终于想通了，文字学家和诗人是一种人，一种叽叽呱呱跟在造物身后不停地指手画脚，企图努力向人解释的人。

　　在中国语言里，大地不但是有生命的，而且有的还非常具体。

　　譬如说"地毛"，地竟被看作毛发青盛的，地难道是一个肌肤实突的少年男子吗？而"地毛"指的是一些"莎草"。下一次，等我行过草原，我要好好地看一下大地的汗毛。

地也有耳，"地耳"指的是一种菌类，大略和木耳相似吧？大地的耳朵，它倚侧着想听些什么呢？是星辰的对位？还是风水的和弦？

吃木耳的时候，我想我吃下了许多神秘的声音。

另外有一种松茸，圆圆的叫"地肾"，奇怪，大地可以不断地捐赠肾而长出新的来。

有一种红色的茜草叫作"地血"，传说是人血所化生，想起来悚怖中又有不自禁的好奇和期待。有一天，竟会有一株茜草是另一种版本的我，属于我的那株茜草会是怎样的红？殷忧的浓红？浪漫的水红？郁愤的紫红？沉实的棕红？抑或历历不忘的斑红？孰为我？我为孰？真令人取决不下。

"地肺"是什么？有时候指的是山，有时候指的是水中的浮岛。在江苏、在河南、在陕西，都有地方叫"地肺"，不管是以山或以岛为肺叶，吐纳起来都是很过瘾的吧？

"地骨"同时指石头和枸杞，把石头算作骨骼是很合理的，两者一般的嵚崎磊落。喜欢石头的人都可以把自己看作"摸骨专家"，可以仔细摸一摸大地的支架。可是把枸杞认作"地骨"却不免令人惊奇，想来石头作"地骨"取的是"写实派"手法，枸杞作"地骨"应是"象征派"手法。枸杞是一种红色颗粒的补药，大概服食后可以让人拥有大地一般的体魄吧！枸杞也叫"地筋"，不管是"大地之筋"或"大地之骨"，我总是宁可信其有。

"地脂"是一篇道家的故事，据说有人偶然遇见，偶然试擦在一位老人的脸上，老人的皱纹顿时平滑如少年。世上有多少青春等待唤回，昨夜微霜初渡河，今晨的秋风里凋了多少青发？我们到何处去寻故事中的"地脂"呢？

"地脉"指的是河流，想来必是黄河动脉、长江静脉吧？至于那些夹荷带柳的小溪应该是细致的微血管了。这样看来喜马拉雅真该是大地的心脏了，多少血脉附生在它身上！只是有时想来又令人不平，如果河川是血脉，血脉可不可以是河流呢？侧耳听处，哪一带是黄河冰澌？哪一带是钱塘浙潮？究竟是人在江湖？还是江湖在人？今宵可否煮一壶酒，于血波沸扬处听故园的五湖三江？

"地脊"几乎是一则给小孩猜的谜语，一看就知道是指山。山是多峥嵘秀拔的一副脊椎骨啊！永不风湿，永不发炎地挺在那里，是有所承当、有所负载的脊梁。

地也有嘴，"地喙"指的是深渊，听说西域龟兹国的音乐是君臣静坐于高山深谷之际，听松涛相激，动静相生，虚实相荡而来。如果山是竹管，深渊便是凿陷的孔，音乐便在竹管的"有"与孔穴的"无"之间流泻出来。如果深渊是大地之口，那该是一张启发了人间音乐的口。

所有的民族都毫无选择地必须敬爱大地，但在语汇里使大地有血脉有骨肉，有口有耳有脊骨的，恐怕只有中国人吧！大地的众子中如果说我们中国人最爱她，应该并不为过吧！

除了在语言里把大地看作有位格、有肢体的对象，其他中国语言里令人称奇的跟大地有关的语汇说也说它不完！

"地味"两字令人引颈以待，急着想知道究竟说的是什么。原来是指天地初生，地涌清泉的那份甘洌，听来令人焦灼艳羡，恨不得身当其时，可以贪心连捞它三把，一掬盥面，一掬餍渴，一掬清心。

"地丁"也颇费猜，千想万想却没想到居然是指野花蒲公英，真是好玩。"地丁"是什么意思？写《本草纲目》的李时珍也说不清楚，我只好将之解释为大地的小守卫兵，每年看到蒲公英，我忍不住窃然自喜，和它们相对瞬目："喂！我知道你是谁，你们这些又忠心又漂亮的小卫兵，你们交班交得多么好看，你们把大地守卫得多么周密。你们是唯一没有刀没有枪的小地丁。"那些家伙在阳光下显出好看的金头盔，却假装没听见我说话，对了，我不该去逗它们的，它们正在正正经经地站岗呢！

"地珊瑚"其实就是藤，算来该是一种绿色种的变色珊瑚了。世上的好事好物太多，有时不免把词章家搞糊涂了，不知该用什么去形容什么，应该说"好风如水"呢，还是该说"好水如风"呢？应该说"人面如花"呢，还是说"花似人面"呢？"江山如画"和"画如真山真水"哪一个更真切？而我一眼看到"地珊瑚"虽觉清机妙趣盈眉而来，却也不免跃跃然想去叫珊瑚一声"海藤"。

"地龙子"指的是蚯蚓，听来令人简直要"扑哧"一笑，那么小小的蠕虫，哪能担上那么大的龙的名头！但仔细一想，倒觉得"地龙子"比天龙可爱踏实多了。谁曾看过天龙呢？地龙却是人人看过的，人生一世果能土里来土里去像一只蚯蚓，不见得就比云里来雨里去的龙为差。蚯蚓又叫"地蝉"，这家伙居然又善鸣，不太能想象一只像植物一样活在泥土里的动物怎么开口唱歌。可是每次在乡下空而静的黄昏，大地便是一棵无所不载的巨树，响亮的鸣声单纯地传来，乍然一听，只觉土地也在悠悠唱起开天辟地的老话头来。

"地行仙"常常是老寿星的美称，仙人中也许就该数这种仙人最幸福，餐霞饮露何如餐谷饮水？第一次看一位长辈写"天马行地"四个字，立觉心折。俗话常说"云泥之别"，其实云不管多高多白，终有一天会脱胎成雨水，会重入尘寰，会委身泥土而浑然为一。求仙是可以的，但是，就做这种仙吧！

"地货"是商业上的名词，一切的蔬菜、水果，萝卜、山芋、荸荠全在内。我有时想开一家地货行，坐拥南瓜的赤金、菜瓜的翡翠以及茄子的紫晶，门口用敦敦实实的颜体写上"地货行"三个大字——

想着想着，事情就开始实在而具体起来，仿佛已看见顾客伸手去试敲一只大西瓜，而另一个正在捏着一只吹弹得破的柿子，急得我快要失口叫了起来。

"地听"一词是件不可思议的军事行动，办法是先掘一个深深的坑，另外再准备一个土瓮，瓮用薄皮封了口，看来有点像鼓。人抱着这种"鼓瓮"躲在地坑里，敌人如果想挖地道来袭，瓮就会发出声音。这虽然是战争的故事、生死攸关的情节，可是听来却诗意盎然。又有一种用皮做的"胡禄"，人躺在地上把它当枕头枕着，也可以远远听到行军之声。大地到底是怎么回事？怎么会有这么多神奇？

"舆地"两字是童话也是哲学，中国人一向有"天为盖，地以载"的观念，大地是用来载人的。但是，哪一种载法呢？中国人选择了"车子"的形象，大地一下子变成一辆娃娃车，载着历世历代的人类，在茫茫宇宙中稳然前行。我想到神往处，恨不得纵身云外，把这可爱的、以万木为流苏、以千花为璎珞的娃娃车（而且是球形的，像灰姑娘赴王子晚宴所乘的那一辆），好好地看个饱。

"地银"指的是月光下闪亮发光的河流，"地镜"也类同，指湖泊水塘。生平不耐烦对镜，也许大千世界有太多可观可叹可喜可酌之景，总觉对镜自赏是件荒谬的事。但有一天，当我年老，我会静静地找到一方镶满芳草的泽畔，低下头来，梳我斑白的头发，在水纹里数我的额纹。那时候，我会看见云来雁往，我会看见枯荷变成莲蓬，莲子复变成明夏新叶，我会怔怔然地望着大地之镜，求天地之神容许我在这一番大鉴照中看见自己小小如戏景的一生，人生不对镜则已，要对，就要对这种将朝霞夕岚、岁月年华一并映照得无边无际的大镜。

好艳丽的一块土

好艳丽的一块土！

沙土是桧木心的那种橙红，干净、清爽，每一片土都用海浪镶了边——好宽好白的精工花边，一座一座环起来足足有六十四个岛，个个都上了阳光的釉，然后就把自己亮在蓝天蓝海之间（那种坦率得毫无城府的蓝），像亮出一把得意而漂亮的牌。

我渴望它，已经很久了。

它的名字叫澎湖。

"到澎湖去玩吗？"

"不是！"——我讨厌那个"玩"字。

"去找灵感吗？"

"不是！"——鬼才要找灵感。

"那么去干什么？"

干什么？我没有办法解释我要干什么，当我在东京抚摩皇苑中的老旧城门，我想的是居庸关；当我在午后盹意的风中听密西西比，我想的是瀑布一般的黄河。血管中一旦有中国，你就永远不安！

于是，去澎湖就成了一种必要。当浊浪正浊，我要把剩在水面上的净土好好踩遍，不是去玩，是去朝山，是去谒水，是去每一寸属于自己的土皋上献我的心香。

于是，我就到了澎湖，在晓色中。

"停车，停车，"我叫了起来，"那是什么花？"

"小野菊。"

我跳下车去，路，伸展在两侧的干砂中，有树、有草、有花生藤，绿意遮不住那些粗莽的太阳色的大地，可是那花却把一切的荒凉压住了——从来没有看过这么漂亮的野菊，真的是"怒放"，一大蓬，一大蓬的，薄薄的橙红花瓣显然只有从那种艳丽的沙土中才能提炼出来——澎湖什么都是橙红色的，哈密瓜和嘉宝瓜的肉瓢全是那种颜色。

浓浓的艳色握在手里。车子切开风往前驰。

我想起儿子小的时候，路还走不稳，带他去玩，他没有物权观念，老是要去摘花，我严加告诫，但是，后来他很不服气地发现我在摘野花。我终于想起了一个解释的办法。

"人种的，不准摘。"我说，"上帝种的，可以摘。"

他以后逢花便问：

"这是上帝种的还是人种的？"

澎湖到处都是上帝种的花，污染问题还没有伸展到这块漂亮干净的土地上来，小野菊应该是县花。另外，还有一种仙人掌花，娇黄娇黄的，也开得到处都是——能一下子看到那么多野生的东西，让我几乎眼湿。

应该制作一套野花明信片的，我自己就至少找到了七八种花。大的，小的，盘地而生的，匍匐在岩缝里的，红的，白的，粉紫的，蓝紫的……

我忽然忧愁起来，它们在四季的海风里不知美了几千几万年了，但却很可能在一夜之间消失，文明总是来得太蛮悍，太赶尽杀绝……

　　出租车司机姓许，广东人，喜欢说话，太太在家养猪，他开车当导游，养着三个孩子——他显然对自己的行业十分醉心。

　　"客人都喜欢我，因为我这个人实实在在。我每一个风景都熟，我每一个地方都带人家去。"

　　我也几乎立刻就喜欢他了，我一向喜欢善于"侃空"的村夫，熟知小掌故的野老，或者说"善盖"的人，即使被唬得一愣一愣也在所不惜。

　　他的普通话是广东腔的，台语却又是普通话腔的，他短小精悍，全身晒得红红亮亮，眼睛却因此衬得特别黑而灵动。

　　他的用词十分"文明"，他喜欢说："不久的将来……"

　　反正整个澎湖在他嘴里有数不清的"不久的将来……"

　　他带我到林投公园，吉上将的墓前：

　　"卢沟桥第一炮就是他打的呀，可是他不摆官架子，他还跟我玩过呢！"

　　他不厌其烦地告诉我"白沙乡"所以得名是因为它的沙子是白的，不是黑的——他说得那么自豪，好像那些沙子全是经他手漂白的一样。

　　牛车经过，人经过，出租车经过，几乎人人都跟他打招呼，他很得意：

　　"这里大家都认得我——他们都坐过我的车呀！"

　　我真的很喜欢他了。

　　去看那棵老榕树真是惊讶，一截儿当年难船上的小树苗，被人捡起来，却在异域盘根错节地蔓延出几十条根（事实上，看起来是几十条树干），叶子一路绿下去，猛一看不像一棵树，倒像一座森林。

树并不好看，尤其每条根都用板子箍住，而且隔不多远又有水泥梁柱撑着，看来太匠气，远不及台南延平郡王祠里的大榕轩昂自得，但令人生敬的是那份生机，榕树几乎就是树中的汉民族——它简直硬是可以把空气都变成泥土，并且在其间扎根繁衍。

从一些正在拆除的旧房子看去，发现墙壁内层竟是海边礁石。想象中鲁恭王坏孔子壁，掘出那些典籍有多高兴，一个异乡客忽然发现一面暗墙也该有多高兴。可惜澎湖的新房子不这样盖了，现在是灰色水泥墙加粉红色水泥屋瓦，没有什么特色，但总比台北街头的马赛克高尚——马赛克把一幢幢的大厦别墅全弄得像大型厕所。

那种多孔多穴的礁石叫老砧石，仍然被用，不过只在田间使用了，澎湖风大，有一种摧尽生机的风叫"火烧风"，澎湖的农人便只好细心地用老砧石围成园子，把蔬菜圈在里面种，有时甚至蒙上旧渔网，苍黑色的老砧石诘曲怪异，叠成墙看起来真像古堡，蔬菜就是碉堡中娇柔的公主。

在一方一方的蔬菜碉堡间有一条一条的"砂牛"——砂牛就是黄牛，但我喜欢"砂牛"这个乡人惯用的名字。

一路看老砧石的菜园，想着自己属于一个在风里、砂里，以及最瘦的瘠地上和最无凭的大海里都能生存下去的民族，不禁满心鼓胀着欣悦，我心中一千次学孔丘凭车而轼的旧礼，我急于向许多事物致敬。

到鲸鱼洞，我才忽然发现矗然壁立的玄武岩有多美丽！大、硬、黑而骄傲。

鲸鱼洞其实在退潮时只是一圈大穹门，相传曾有鲸鱼在涨潮时进入洞内，潮退了，它死在那里。

天暗着，灰褐色的海画眉忽然唱起来，飞走，再唱，然后再飞，我不知道它急着说些什么。

站在被海水打落下来的大岩石上，海天一片黯淡的黛蓝，是要下雨了，澎湖很久没下雨，下一点最好。

"天黑下来了，"驾驶说，"看样子那边也要下雨了。"

那边！

同载一片海雨欲来的天空，却有这边和那边。

同弄一湾涨落不已的潮汐，却有那边和这边。

烟水苍茫，风雨欲来不来，阴霾在天，浪在远近的岩岬上，剖开它历历然千百万年未曾变色的心迹。

"那边是真像也要下雨了。"我讷讷地回答。

天神，如果我能祈求什么，我不做鲸鱼不做洞，单做一片悲涩沉重的云，将一身沛然舍为两岸的雨。

在餐厅里吃海鲜的时候，心情竟是虔诚的。

餐馆的地是珍珠色贝壳混合的磨石子，院子里铺着珊瑚礁，墙柱和楼梯扶手也都是贝壳镶的。

"我全家捡了三年哪！"他说。

其实房子的格局不好，谈不上设计，所谓的"美术灯"也把贝壳柱子弄得很古怪，但仍然令人感动，感动于三年来全家经之营之的那份苦心，感动于他知道澎湖将会为人所爱的那份欣欣然的自信，感动于他们把贝壳几乎当图腾来崇敬的那份自尊。

"这块空白并不是贝壳掉下来了，"他唯恐我发现一丝不完美，"是客人想拿回去做纪念，我就给了。"

如果是我，我要在珊瑚上种遍野菊，我要盖一座贝壳形的餐厅，客人来时，我要吹响充满潮音的海螺，我要将多刺的魔鬼鱼的外壳注上蜡或鱼油，在每一个黄昏点燃，我要以鲸鱼的剑形的肋骨为桌腿，我要给每个客人一个充满海草香味的软垫，我要以渔网为桌巾，我要……

——反正也是胡思乱想——

龙虾、海胆、塔形的螺、鲑鱼都上来了。

说来好笑，我并不是为吃而吃的，我是为赌气而吃的。

总是听老一辈的说神话似的谭厨，说姑姑筵，说北平的东来顺或上海的……连一只小汤包，他们也说得有如龙肝凤胆，他们的结论是："你们哪里吃过好东西。"

似乎是好日子全被他们过完了，好东西全被他们吃光了。

但他们哪里吃过龙虾和海胆？他们哪里知道新鲜的小卷和九孔？好的海鲜几乎是不用厨师的，像一篇素材极美的文章，技巧竟成为多余。

人有时多么愚蠢，我们一直系念着初恋，而把跟我们生活几乎三十年之久的配偶忘了，台澎金马的美恐怕是我们大多数的人还没有学会去拥抱的。

我愿意有一天在太湖吃蟹，我愿意有一天在贵州饮茅台，我甚至愿意到新疆去饮油茶，不是为吃，而是为去感觉中国的大地属于我的感觉，但我一定要先学会虔诚地吃一只龙虾，不为别的，只为它是海中——我家院宇——所收获的作物，古代的秦始皇曾将爱意和尊敬封给一株在山中为他遮住骤雨的松树，我怎能不爱我二十八年来生存在其上的一片土地？我怎能不爱这相关的一切？

跳上船去看海是第二天早晨的事。

船本来是渔船，现在却变为游览船了。

正如好的海鲜不需要厨师，好的海景既不需要导游也不需要文人的题咏，海就是海，空阔一片，最简单、最深沉的海。

坐在船头，风高浪急，浪花和阳光一起朗朗地落在甲板上，一片明晃，船主很认真从事，每到一个小岛就赶我们下去观光——岛很好，但是海更好，海好得让人牵起乡愁，我不是来看陆地的，我来看海，干净的海。我也许该到户籍科去，把身份证上籍贯那一栏里"江苏"旁边加一行字——"也可能是'海'"。

在什么时候，我不知道，但我知道我一定曾经求籍于海。

上了岸第一个小岛叫桶盘，我到小坡上去看坟墓和房子，船主认真地执行他的任务——告诉我走错了，他说应该去看那色彩鲜丽的庙，其实澎湖没有一个村子没有庙，我头一天已经看了不少，一般而言，澎湖的庙比台湾的好，因为商业气息少，但其实我更爱看的是小岛上的民宅。

那些黯淡的、卑微的，与泥土同色系的小屋，涨潮时，是否有浪花来叩他们的窗扉？风起时，女人怎样焦急地眺望？我曾读《冰岛渔夫》，我曾读爱尔兰辛约翰的《海上骑士》，但我更希望读到的是匍匐在岩石间属于中国渔民讨海的故事。

其实，一间泥土色的民宅，是比一切的庙宇更其庙宇的，生于斯，长于斯，枕着涛声，抱着海风的一间小屋，被阳光吻亮又被岁月侵蚀而斑驳的一间小屋。采过珊瑚，捕过鱼虾，终而全家人一一被时间攫房的一间小屋。欢乐而凄凉，丰富而贫穷，发生过万事千事却又似乎什么都没有发生的悠然意远小屋——有什么庙宇能跟你一样庙宇？

绕过坡地上埋伏的野花，绕过小屋，我到了坟地，惊喜地看到屋坟交界处的一面碑，上面写着"泰山石敢当止"，下面两个小字是"风煞"（也不知道那碑是用来保护房子还是坟地，在这荒凉的小岛上，生死好像忽然变得如此相关相连）。汉民族是一个怎样的民族！不管在哪里，他们永远记得泰山，泰山，古帝王封禅期间的，孔子震撼于其上的，一座怎样的山！

看一个小岛，叫风柜，那名字简直是诗，岛上有风柜洞，其实，像风柜的何止是洞！整个岛在海上，不也是一只风柜吗，让八方风云来袭，我们只做一只收拿风的风柜。

航过一个小岛，终于回到马公——那个大岛，下午，半小时的飞机，我回到更大的岛——台湾。我忽然知道，世界上并没有新大陆和旧大陆，所有的陆地都是岛，或大或小的岛，悬在淼淼烟波中，所有的岛都要接受浪，但千年的浪只是浪，岛仍是岛。

像一颗心浮凸在昂然波涌的血中那样漂亮，我会记得澎湖——好艳丽的一块土！

细细的潮音

　　每到月盈之夜，我恍惚总能看见一幢筑在悬崖上的小木屋，正启开它的每一扇窗户，谛听远远近近的潮音。

　　而我们的心呢？似乎已经习惯于一个无声的时代了。只是，当满月的清辉投在水面上，细细的潮音便来撼动我们沉寂已久的心，我们的胸臆间遂又鼓荡着激昂的风声水响！

　　那是个夏天的中午，太阳晒得每一块石头都能烫人。我一个人撑着伞站在路旁等车。空气凝成一团不动的热气。而渐渐地，一个拉车的人从路的尽头走过来了。我从来没有看过走得这样慢的人。满车的重负使他的腰弯到几乎头脸要着地的程度。当他从我面前经过的时候，我忽然发现有一滴像大雨点似的汗，从他的额际落在地上，然后，又是第二滴。我的心刹那被揪得很紧，在没有看到那滴汗以前，我是同情他，及至发现了那滴汗，我立刻敬服他了—— 一个用筋肉和汗水灌溉着大地的人。好几年了，一想起来总觉得心情激动，总好像还能听到那滴汗水掷落在地上的巨响。

一个雪晴的早晨，我们站在合欢山的顶上，弯弯的涧水全都被积雪淤住。忽然，觉得故国冬天又回来了。一个台籍战士兴奋地跑了过来。

"前两天雪下得好深啊！有一公尺呢！我们走一步就铲一步雪。"

我俯身拾了一团雪，在那一盈握的莹白中，无数的往事闪烁，像雪粒中不定的阳光。

"我们在堆雪人呢！"那战士继续说，"还可以用来打雪仗呢！"

我望着他，却说不出一句话，也许只在一个地方看见一次雪景的人是比较有福的。只是万里外的客途中重见过的雪，却是一件悲惨的故事。我抬起头来，千峰壁直，松树在雪中固执地绿着。

到达麻风病院的那个黄昏已经是非常疲倦了。走上石梯，简单的教堂便在夕晖中独立着。长廊上有几个年老的病人并坐，看见我们便一起都站了起来，久病的脸上闪亮着诚恳的笑容。

"平安。"他们的声音在平静中显出一种欢愉的特质。

"平安。"我们哽咽地回答，从来没有想到这样简单的字能有这样深刻的意义。

那是一个不能忘记的经验，本来是想去安慰人的，怎么也想不到反而被人安慰了。一群在疾病和鄙视中延喘的人，一群可怜的不幸者，居然靠着信仰能笑出那样勇敢的笑容。至于夕阳中那安静、虔诚而又完全饶恕的目光，对我们健康人的社会又是怎样一种责难啊！

还有一次，午夜醒来，后庭的月光正在涨潮，满园的林木都淹没在发亮的波澜里。我惊讶地坐起，完全不能置信地望着越来越浓的月光，一时不知道自己究竟是在快乐，还是忧愁。只觉得如小舟，悠然浮起，浮向似乎很近又似乎很远的青天，而微风里橄榄树细小的白花正飘着、落着，矮矮的通往后院的阶石在月光下被落花堆积得有如玉砌一般。

我忍不住欢喜起来，活着真是一种极大的幸福——这种晶莹的夜，这样透明的月光，这样温柔的、落着花的树。

生平读书，最让我感慨的莫过于廉颇的遭遇，在那样不被见用的老年，他有着多少凄怆的徘徊。昔日赵国的大将，今日已是伏枥的老骥了。当使者来的时候，他为之"一饭斗米，肉十斤，披甲上马，以示尚可用"的苦心是何等悲哀。而终于还是受了谗言不能擢用，那悲哀就更深沉了。及至被楚国迎去了。黯淡的心情使他再没有立功的机运。终其后半生，只说了一句令人心酸的话："我思用赵人。"

想想，在异国，在别人的宫廷里，在勾起舌头说另外一种语言的土地上，他过的是一种怎样落寞的日子啊！名将自古也许是真的不许见白头吧！当他叹道："我想用我用惯的赵人"的时候，又意味着一个怎样古老、苍凉的故事！而当太史公记载这故事，我们在两千年后读这故事的时候，多少类似的剧本又在上演呢？

又在一次读韦庄的一首词，也为之激动了好几天。所谓"温柔敦厚"应该就是这种境界吧？那首词是写一个在暮春的小楼上独立凝望的女子，当她伤心不见远人的时候，只含蓄地说了一句话："千山万水不曾行，魂梦欲教何处觅。"不恨行人的忘归，只恨自己不曾行过千山万水，以致魂梦无从追随。那种如泣如诉的真情，那种不怨不艾的态度，给人一种凄婉低迷的感受，那是一则怎样古典式的爱情啊！

还有一出昆曲《思凡》，也令我震撼不已。我一直想找出它的作者，但据说是不可能了。曾经请教了我非常敬服的一位老师，他也只说："词是极好的词，作者却找不出来了，猜想起来大概是民间的东西。"我完全同意他的见解，这样排山倒海的气势、斩钉截铁的意志，不是正统文人写得出来的。

当小尼赵色空立在无人的回廊上，两旁列着威严的罗汉，她却勇敢地唱着："他与咱，咱与他，两下里多牵挂，冤家，怎能够成就了姻缘，就死在阎王殿前，由他把那碓来舂，锯来解，磨来挨，放在油锅里去炸。啊呀，由他。只见活人受罪，哪曾见死鬼戴枷。啊呀，由他，只见活人受罪，哪曾见死鬼戴枷，啊呀，由他火烧眉毛且顾眼下，"接着她一口气唱着，"那里有天下园林树木佛，那里有枝枝叶叶光明佛，那里有江湖两岸流沙佛，那里有八万四千弥陀佛。从今去把钟佛殿远离却，下山去寻一个少年哥哥，凭他打我、骂我、说我、笑我，一心不愿成佛，不念弥陀般若波罗。便愿生下一个小孩儿，却不道是快活煞了我。"

每听到这一段，我总觉得心血翻腾，久久不能平伏，几百年来，人们一直以为这是一个小尼姑思凡的故事。何尝想到这实在是极强烈的人文思想。那种人性的觉醒，那种向传统唾弃的勇气，那种不顾全世界鄙视而要开拓一个新世纪的意图，又岂是满园嗑瓜子的脸所能了解的？

一个残冬的早晨，车在冷风中前行，收割后空旷的禾田蔓延着。冷冷清清的阳光无力地照耀着。我木然面坐，翻着一本没有什么趣味的书。忽然，在低低的田野里，一片缤纷的世界跳跃而出。"那是什么？"我惊讶地问着自己，及至看清楚是一大片杂色的杜鹃，却禁不住笑了起来。这种花原来是常常看到的，春天的校园里几乎没有一个石隙不被它占去的呢！在瑟缩的寒流季里，乍然相见的那份喜悦，却完全是另外一种境界了。甚至在初见那片灿烂的彩色时，直觉里感到一种单纯的喜悦，还以为那是一把随手散开来的梦，被遗落在田间的呢！到底它是花呢？是梦呢？还是虹霓坠下时碎成的片段呢？或者，什么也不是，只是……

博物馆的黄色帷幕垂着，依稀地在提示着古老的帝王之色。陈列柜里的古物安静地深睡了，完全无视于落地窗外年轻的山峦。我轻轻地走过每件千年以上的古物，我的影子映在打蜡的地板上，旋又消失。而那些细腻朴拙的瓷器、气象恢宏的画轴、纸色半枯的刻本、温润无瑕的玉器，以及微现绿色的钟鼎，却凝然不动地闪着冷冷的光。隔着无情的玻璃，看这个幼稚的世纪。

望着那犹带中原泥土的故物，我的血忽然澎湃起来，走过历史，走过辉煌的传统，我发觉我竟是这样爱着自己的民族、自己的文化。那时候，莫名地想哭，仿佛一个贫穷的孩子，忽然在荒废的后园里发现了祖先留下来埋宝物的坛子，上面写着"子孙万世，永宝勿替"。那时，才忽然知道自己是这样富有——而博物院肃穆着如同深沉的庙堂，使人有一种下拜的冲动。

在一本书，我看到史博士的照片。他穿着极简单的衣服，抱膝坐在一块大石头上。背景是一片广漠无物的非洲土地，益发显出他的孤单。照画面的光线看来，那似乎是一个黄昏。他的眼睛在黯淡的日影中不容易看出是什么表情，只觉得他好像是在默想。我不能确实说出那张脸表现了一些什么，只知道那多筋的手臂和多纹的脸孔像大浪般，深深地冲击着我，或许他是在思念欧洲吧？大教堂里风琴的回响，歌剧院里的紫色帷幕也许仍模糊地浮在他的梦里。这时候，也许是该和海伦在玫瑰园里喝下午茶的时候，是该和贵妇们谈济慈和尼采的时候。然而，他却在非洲，住在一群悲哀的、黑色的、病态的人群中，在赤道的阳光下，在低矮的窝棚里，他孤孤单单地爱着。

我骄傲，毕竟在当代三十二亿张脸孔中，有这样一张脸！那深沉、瘦削、疲倦、孤独而热切的脸，这或许是我们这贫穷的世纪中唯一的产生。

当这些事，像午夜的潮音来拍打岸石的时候，我的心便激动着。

如果我们的血液从来没有流得更快一点，我们的眼睛从来没有燃得更亮一点，我们的灵魂从来没有升华得更高一点，日子将变得怎样灰暗而苍老啊！

不是常常有许多小小的事来叩打我们心灵的木屋吗？可是为什么我们老是听不见呢？我们是否已经世故得不能被感动了？让我们启开每一扇窗门，去谛听这细细的潮音，让我们久暗的心重新激起风声水声！

秋光的涨幅

绿竹笋，我觉得它是台湾最有特色的好吃的笋子，这话其实也没有什么特别根据。孟宗笋细腻芬芳，麻竹笋硕大耐嚼，桶笋幼脆别致，但夏天吃一道甘冽多汁的绿竹冰笋，真觉得人生到此，大可无求了。

然而，好吃的绿竹笋只属于夏日，像蝉，像荷香，像艳丽的凤凰花。秋风一至，便枯索难寻。

但由于暑假人去了北美，等回到台北，便急着补上这夏天岛屿上的至美之味，那盛在白瓷碗中，净如月色、如素纨、如清霜的绿竹笋。

我到菜市场上，绿竹笋六十元一斤，笋子重，又带壳，我觉得价钱太贵。

"哎，就快没了，"卖菜妇说，"要吃就要快了。"

我听她的话，心中微痛，仿佛我买的货物不是笋子，而是什么转眼就要消逝的东西，如长江鲥鱼，如七家湾的樱花钩吻鲑，如高山上的云豹。就要没了。

啊，属于我的这一生，竟需要每天去和某种千百万年来一直活着的生物说"再见"。啊,我们竟是来出席告别仪式的吗?

绿竹笋很好吃,一如预期。

第二个礼拜,我又去菜市场,绿竹笋仍在,这次却索价七十元一斤了。第三个礼拜是八十元,最近一次,再问价,竟是九十元。

这让我想起二十年前,有一位美国博物学家艾文温·第尔,他和妻子在二月末从佛罗里达出发,做了一个和中国词人说法相反的实验。宋词中说:"若到江南赶上春,千万和春住。"他们夫妻二人却自己开着车往北走,竟然打起与春天同时北进的算盘。而且,连春天的步行速度也被他们窥探出来了。

原来,春天是以每天十五英里[1]的速度往北方挺进的。他们一路走,走到六月,到了加拿大边境才歇了下来。好一趟偕春同游的壮举。

原来,"春天的脚步"这句话不是空话,它是真有其方向,真有行速,甚至真的可以尾随追踪。

同样,我的盛夏也是可以用价钱来估量的,在绿竹笋一路由三十而四十而九十、一百的时候,我的盛夏便成轻烟一缕。

也许极热、极湿、极气闷,也许还不时遭我骂一声"什么鬼天气",但毕竟也是相遇一场,我会记得这阳光泼旺的长夏。

绿竹笋想来会在贵到极点的时候戛然消失。秋天会渐渐渐老,以每周十元的涨幅来向我索价。

---

[1] 英制长度单位,1 英里约等于 1609.34 米。——编者注

星 约

一、上一次

是因为期待吗？整个天空竟变得介乎可信赖与不可信赖之间，而我，我介乎悟道的高僧与焦虑的狂徒之际。

七十六年才一次啊！

"运气特别不好！"男孩说，"两千年来，这次哈雷是最不亮的一次！上一次，嘿，上一次它的尾巴拖过半个天空哩！"男孩十七岁，七十六年后他九十三岁，下一次，下一次他有幸和他的孩子并肩看星吗，像我们此刻？

至于上一次，男孩，上一次你在哪里，我在哪里，我的母亲又复在哪里？连民国亦尚在胎动。飒爽的鉴湖女侠墓草已长，黄兴的手指尚完好，七十二烈士的头颅尚在担风挑雨的肩上寄存。血在腔中呼啸，剑在壁上狂吟，白衣少年策马行过漠漠大野。那一年，就是那一年啊，彗星当空挥洒，仿佛日月星辰全是定位的镂刻的字模，唯独它，是长空里一气呵成的行草。

那一年，上一次，我们不在，但一一知道。有如一场宴会，我们迟了，没赶上，却见茶气氤氲，席次犹温，一代仁人志士的呼吸如大风盘旋谷中，向我们招呼，我们来迟了，没有看到那一代的风华。但一九一〇年我们是知道的，在武昌起义和黄花岗之前的那一年我们是感念而熟知的。

二、初识

还有，最初的那一次（其实怎能说是最初呢，只能说是最初的记载罢了，只能说是不甚认识的初识罢了），这美丽得使人惊惶的天象，正是以美丽的方块字记录的。在秦始皇的年代，"七年，彗星先出于东方，见北方……五月，见西方……"秦代的资料，是以委婉的小篆体记录的吧？

而那时候，我们在哪里？易水既寒，群书成焚灰，博浪沙的大椎打中副车，黄石老人在桥头等待一位肯为人拾鞋的亢奋少年，伏生正急急地咽下满腹经书，以便将来有朝一日再复缓缓吐出，万里长城开始一尺一尺垒高、垒远……忙乱的年代啊，大悲伤亦大奋发的岁月啊，而那时候，我们在哪里？我们在哪里？

三、有所期

我们在今夜，以及今夜的期待里，以及因期待而生的焦灼里。

不要有所期有所待，这样，你便不会忧伤。

不要有所系有所思，否则，你便成不赦的囚徒。

不要企图攫取，妄想拥有，除非，你已预先洞悉人世的虚空。

——然而，男孩啊，我们要听取这样的劝告吗？长途役役，我们有如一只罗盘上的指针，因神秘的磁场牵引而不安而颤抖而在每一步颠簸中敏感地寻找自己和整个天地的位置，但世上的磁针有哪一根因这种种劫难而后悔而愿意自绝于磁场的骚动呢？

四、咒诅

如果有人告诉我彗星是一场祸殃，我也是相信的。凡美丽的东西，总深具危险性，像生命。奇怪，离童年越远，我越是想起那只青蛙的童话：

有一个王子，不知为什么，受了魔法的诅咒，变成了青蛙。青蛙守在井底，他没有为这大悲痛哭泣，但他却听到了哭泣的声音，那一定来自小悲痛、小凄怆吧？大痛是无泪的啊！谁哭呢？一个小女孩，为什么哭呢，为一只失落的球。幸福的小公主啊，他暗自叹息起来，她最响亮的号啕竟只为一只小球吗？于是他为她落井捡球。然后她依照契约做了他的朋友，她让青蛙在餐桌上有一席之地，她给了他关爱和友谊，于是青蛙恢复了王子之身。

——生命是一场受过巫法的大诅咒，注定朽腐，注定死亡，注定扭曲变形——然而我们活了下来，活得像一只井底青蛙，受制于窄窄的空间，受制于匆匆一夏的时间。而他等着，等一份关爱来破此魔法和诅咒。一瞬柔和的眼神已足以破解最凶恶的毒咒啊！

如果哈雷是祸殃，又有什么可悸可怖？我们的生命本身岂不是更大的祸殃吗？然而，然而我们不是一直相信生命是一场充满祝福的诅咒，一枚有着苦蒂的甜瓜，一条布满陷阱的坦途吗？

我不畏惧哈雷，以及它在传述中足以魇人的华灿和美丽。即使美如一场祸殃，我也不会因而畏惧它多于一场生命。

五、暂时

缸里的荷花谢尽，浮萍潜伏，十二月的屋顶寂然，男孩一手拿着电筒，一手拿着星象图，颈子上挂着望远镜。

"哈雷在哪里？"我问。

"你怎么这么'势利眼'，"男孩居然愤愤地教训起我来，"满天的星星哪一颗不漂亮，你为什么只肯看哈雷？"

淡淡的弦月下，阳台黝黑，男孩身高一米八四，我抬头看他，想起那首《日生日沉》的歌：

> 这就是我一手带大的小女孩吗？
>
> 这就是那玩游戏的小男孩吗？
>
> 是什么时候长大的呀？ —— 他们

"看那颗天狼星，冬天的晚上就数它最亮，蓝汪汪的，对不对？它的光等是负一点四，你喜欢了，是不是？没有女人不喜欢天狼，它太像钻石了。"

我在黑夜中窃笑起来，男孩啊——

付这座公寓订金的时候，我曾惝惝然站在此处，揣想在这小小的舞台上，将有我人世怎样的演出？男孩啊，你在这屋子中成形，你在此处听第一篇故事念第一首唐诗，而当年伫立痴想的时候，我从来不曾想到你会在此和我谈天狼星！

"蓝光的星是年轻的星，星光发红就老了。"男孩说。

星星也有生老病死啊？星星也有它的情劫和磨难啊？

"一颗流星。"男孩说。

我也看见了，它钢截利落，如钻石划过墨黑的玻璃。

"你许了愿？"

"许了。你呢？"

"没有。"

怎么解释呢？怎样把话说清楚呢？我仍有愿望，但重重愿望连我自己静坐以思的时候对着自己都说不清楚，又如何对着流星说呢？

"那是北极星——不过它担任北极星其实也是暂时的。"

"暂时？"

"对，等二十万年以后，就是大熊星来做北极星了，不过二十万年以后大熊星座的组合位置会有点改变。"

暂时担任北极星二十万年？我了解自己每次面对星空的悲怆失措甚至微愠了，不公平啊，可是跟谁去争辩、跟谁去抗议？

"别的星星的组合形态也会变吗？"

"会，但是我们只谈那些亮的星，不亮的星通常就是远的星，我们就不管它们了。"

"什么叫亮的？"

"光度总要在一等左右，像猎户星座里最亮的，我们中国人叫它'参宿七'的那一颗，就是零点一等，织女星更亮，是零度。太阳最亮，是负二十六等……"

六、"光的单位"

奇怪啊，印度人以"克拉"计钻石，愈大的钻石克拉愈多。

希腊人以"光等"计星亮，愈亮的星"光等"反而愈少，最后竟至于少成负数了。

"古希腊人为什么这么奇怪呢？为什么他们用这种方法来计算光呢？我觉得'光度'好像指'无我的程度'，'我执'愈少，光源愈透；'我执'愈强，光愈暗。"

"没有那么复杂吧？只是希腊人就是这样计算的。"

我于是躺在木凳上发愣，希腊人真是不可思议，满天空都成了他们的故事布局，星空于他们竟是一整棚累累下垂的葡萄串，随时可摘可食，连每一粒葡萄晶莹的程度他们也都计算好了。

七、猎户在天

几年前的一个星夜。我们站在各种光等的星星下。

"猎户在天——"我说。

"《诗经》的句子吧？"女友问。

"怎么会，也不想想猎户星座是希腊名词啊！"

她大笑起来，她是被我的句型骗了，何况她是诗人，一向不讲理的，只是最后连我自己也恍惚起来，真的很像《诗经》里的句子呢！

我们有点在装迷糊吗？为什么每看到好东西我们就把它故意误认为中国的？

猎户是一组美丽的星，宽宏的肩，长挺的腿，巧饰的腰带和腰带下的腰刀，旁边还有一只野兔呢！然而，这漂亮的猎者是谁呢？是始终在奔驰、在追索、在欲求的世人吗？不知道啊，但他那样俊朗，把一个形象从古希腊至今维系了三千年，我不禁肃然。

"看到腰带下的小腰刀吗？腰刀是三颗直排的星组成的，中间的那一颗你用望远镜仔细看，是一大团星云，它距离我们只不过一千五百光年而已。"

"一千五百年！是唐朝吗？"

"是南北朝。"

早于浓艳的李义山，早于狂歌的李白、沉郁的杜甫，以及凿破大地的隋炀帝。南北朝，南北朝又复为何世呢？对那一整个年代我所记得的只有北魏的石雕，悠悠青石，刻成了清明实在的眉目，今夕的星光就是当年大匠举斧加石的年代发出的，历劫的石像至今犹存其极具硬度的大悲悯，历劫的星光则今夕始来赴我双目的天池。

猎户星座啊！

八、见与不见

我其实是要看哈雷的，但哈雷不现，我只看到云。我终于对云感到抱歉了——这是不公平的，我渴望哈雷是因它稍纵即逝，然而云呢？云又岂是永恒的？此云曾是彼水，彼水曾是泉曾是溪，曾是河曾是海，曾是花上晓露眼中横波，曾是禾田间的汗水，曾是化碧前的赤血，壮士沙场之际的一杯酒是它，赵州说法时的半杯茶也是它。然而，我竟以为云只是云，我竟以为今日之云同于昨日之云，云不也跟哈雷一样是周而复始的吗？是迂回往来的吗？

我不断地向自己解释，劝自己好好看一朵云，那其间亦有千古因缘，然而我依旧悲伤且不甘心，为什么这是一片灯网交织的城？且长年有着厚云层。为什么不让我今生今世看见一次哈雷！

"奇怪啊，神话只属于古代，至于我们的年代只有新闻，而且多是报道不实的，为什么？"

黑暗中男孩看我，叹了一口气，他半年前交了一篇历史课的读书报告，题目便是"中国神话的研究"，得分九十五。曾经统御过所有的英雄和巨灵，辉耀了整个日月星辰的神话，此刻已老，并且沦为一个中学生的读书报告。

在一个接一个的冬夜里我跌足叹惋，并且生自己的气，气自己被渴望折磨，神话里的夸父就是渴死的，我要小心一点才行。所以悲伤时我总是想哈雷先生（哈雷彗星以他的名字来命名），以及他亦悲亦喜的一生，他在二十六岁那年惊见彗星，此后他用许多年来研究，相信彗星会在自己一百零二岁时再现。看过彗星以后他又活了一甲子，死于八十六岁，像一个放榜前去世的考生，无从证实自己的成绩。那哈雷死时是怎样想的呢，我猜想他的心情正像一个孩子，打算在圣诞夜不眠，好看到圣诞老公公如何滑下烟囱，放下礼物。然而他困了，撑不住了，兴奋消失，他开始模糊了，心里却是不甘心的，嘴里说着半真半呓的叮咛：

"父亲，等下圣诞老人来的时候，一定要叫我噢！我要摸摸他的胡子！"

哈雷说的话想来也类似：

"造物啊，我熬不住了，我要睡了，你帮我看好，好吗？十六年后它会来的，我先睡，你到时候要叫我一声哟！"

生当清平昌大之盛世，结交一时之俊彦如牛顿，能于切磋琢磨中发天地之微，知宇宙之数，哈雷的平生际遇也算幸运了，然而，肉体的贮瓶终于要面临大朽坏的——并不因其间贮注的是大智慧而有异，只是大限来时，他是否有憾呢？

寒星如一片冰心的冬夜，我反复自问：

哈雷生平到底看到过彗星重现吗？若说是看见了，他事实上在星现前十六年已经死了，若说未见，他却是见的，正如围棋高手早在几小时以前预见胜负，一步步行去的每一着履痕他们都有如亲睹。

大军事家、大政治家、大科学家都是在不见处先见、未明时先明的啊！

那么，我呢？我算不算看过那彗星的人呢？假设有盲者，站在凄凄长夜里，感知天空某一角落有灿然的光体如甩动的火把，算不算看到了呢？如果他倾耳辨听天河淙淙，如果他在安静中听闻哈雷的跳跃，像一只河畔的蚱蜢蹦去又蹦回，他算不算看到了呢？而我，当我在金牛座昴星团中寻它，当我在白羊座和双鱼座中寻它千百度、思它千百度，我算不算看到它了呢？在无所视、无所听、无所触、无所嗅的隔离中，我们可以仅仅凭信心念力去承认、去体会身在云后的它吗？

九、我已践约

又一颗流星划过天空，天空割裂，但立刻拢合，造物的大诡秘仍然不得窥见。这不知名的星从此化为光尘，也许最后剩一小块陨石，落到地球上，被人捡起，放在陈列室里，像一部写坏了的爱情小说，光华消失，飞腾不见，只留下硬硬的纹理。

夜空有千宙神话万顷传奇，有流星表演的冰上芭蕾——万古乾坤只在此半秒钟演出。以此肉身、以此肉眼来面对他们，这种不公平的对决总使我心情大乱，悲喜无常。哈雷会来吗？原谅我的急躁，我和男孩有缘得窥七十六年一临的奇景吗？如果能，我为此感激，如果不能，让我感激朝朝来临的太阳，月月重圆的月亮，以及至七夕最凄丽的织女，于冬夜亦明艳的猎户。我已践约，今夜，以及此生，哈雷也没有失约，但云横雾亘，我不能表示异议。

如果我不曾谢恩，此刻，为茫茫大荒中一小块荷花缸旁的立脚位置，为犹明的双眸，为未熄的渴望，为身旁高大的教我看星的男孩，为能见到的以及未能见到的，为能拥有的以及不能拥有的，为悲为喜，为悟为不悟，为已度的和未度的岁月，我，正式致谢。

花树下，我还可以再站一会儿

—— 风雨并肩处，记得岁岁看花人

台北城南有棵树，名叫鱼木，是"日据时代"种下的。它的祖籍是南美洲。如今长得硕大伟壮、枝繁叶茂，有四层楼那么高，算来也该有八九十岁了。暮春的时候开一身碗口大的白花。

二〇一二年四月，我人在台北，花期又至，我照例去探探它。那天落雨，我没带伞，心想，也好，细雨霏霏中看花，并且跟花一起淋雨，应该别有一番意趣。花树位于新生南路的巷子里，全台北就此一棵。听说台湾南部也有一棵，但好像花气人气都不这么旺。

有个女子从罗斯福路的方向走来，看见我在雨中痴立看花，她忽然停下步履，将手中一把小伞递给我，说：

"老师，这伞给你。我，就到家了。"

她虽叫我老师，但我确定她不是我的学生。我的第一个反应是拒绝，素昧平生，凭什么拿人家的伞？

"不用，不用，这雨小小的。"我说。

不过，正在我说话的时候，雨就稍稍大起来了。

"没事的，没事的，老师，我家真的就到了。真的。我不骗你！"她说得更大声、更急切，显得益发理直气壮，简直一副"你们大家来评评理"的架势。

我忽然惊觉，自己好像必须接受这把伞，这女子是如此善良执着，拒绝她简直近乎罪恶。而且，她给我伞，背后大概有一段小小的隐情：

这棵全台北唯一的一株鱼木，开起来闹闹腾腾，花期约莫三个礼拜，平均每天会有一千多人跑来看它。看的人或仰着头，或猛按快门，或徘徊踯躅，或惊呼连连，夸张他们对此绝美的不能置信。至于情人档或亲子档则指指点点，细语温婉，亦看花，亦互看。总之，几分钟后，匆忙的看花人轻轻叹一口气，在喜悦和怅惘中一一离去。而台北市有四五百万人口，每年来看花的人数虽多，也只是三四万，算来，看花者应是少数的痴心人，少于百分之一。

在巷子里，在花树下，痴心人逢痴心人，大概彼此都有一分疼惜。赠伞的女子也许敬我重我，也许疼我怜我，她没说出口来，但其中自有深意在焉。想来，她应该一向深爱这棵花树，因而也就顺便爱惜在雨中兀立看花的我。

我们都是花下的一时过客，都为一树的华美芳郁而震慑而俯首，"风雨并肩处，记得岁岁看花人"。

那天雨愈下愈大，赠伞的女子想必已回到家了。我因手中撑伞，觉得有必要多站一会儿，才对得起赠伞人。此时，薄暮初临，花瓣纷落，细香微度。环顾四周，来者自来，去者自去，我们都是站在同一棵大树下惊艳的看花人——在同一个春天。我想，我因而还能再站一会儿，在暮春的花树下。

后　记

　　这篇短文，是我三年半前写给大陆读者看的，想让他们多知道一些台北这座老城特殊的风仪样貌。至于台北市民自己，好像早就已知此景，不劳我多说了。不过，最近乱翻旧作，重睹此文，遂又想起那年的雨中情节，而那把赠伞，还在我前廊吊着——让我想起，哎，岁月不居，这竟是一千天以前的事了！遂把文章重新修改删补了一番，正式在台湾发表。

雨天的书

一

我不知道，天为什么无端落起雨来了。薄薄的水雾把山和树隔到更远的地方去，我的窗外遂只剩下一片辽阔的空茫了。

想你那里必是很冷了吧？另芳。青色的屋顶上滚动着水珠子，滴沥的声音单调而沉闷，你会不会觉得很寂寥呢？

你的信仍放在我的梳妆台上，折得方方正正的，依然是当日的手痕。我以前没见过你；以后也找不着你，我所能有的，也不过就是这一片模模糊糊的痕迹罢了。另芳，而你呢？你没有我的只字片语，等到我提起笔，却又没有人能为我传递了。

冬天里，南馨拿着你的信来。细细斜斜的笔迹，优雅温婉的话语。我很高兴看你的信，我把它和另外一些信件并放着。它们总是给我鼓励和自信，让我知道，当我在灯下执笔的时候，实际上并不孤独。

另芳，我没有即时回你的信，人大了，忙的事也就多了。后悔有什么用呢？早知道你是在病榻上写那封信，我就去和你谈谈，陪你出去散散步，一同看看黄昏时候的落霞。但我又怎么想象得到呢？十七岁，怎么能和死亡联想在一起呢？死亡，那样冰冷阴森的字眼，无论如何也不该和你发生关系的。这出戏结束得太早，迟到的观众只好望着合拢黑绒幕黯然了。

　　雨仍在落着，频频叩打我的玻璃窗。雨水把世界布置得幽冥昏暗，我不由幻想你打着一把雨伞。从芳草没胫的小路上走来，走过生，走过死，走过永恒。

　　那时候，放了寒假。另芳，我心里其实一直是惦着你的。只是找不着南馨，没有可以传信的人。等开了学，找着了南馨，一问及你，她就哭了。另芳，我从来没有这样恨自己。另芳，如今我向哪一条街寄信给你呢？有谁知道你的新地址呢？

　　南馨寄来你留给她的最后字条，捧着它，使我泫然。另芳，我算什么呢？我和你一样，是被送来这世界观光的客人。我带着惊奇和喜悦看青山和绿水，看生命和知识。另芳，我有什么特别值得一顾的呢？只是我看这些东西的时候比别人多了一份冲动，便不由得把它记录下来了。我究竟有什么值得结识的呢？那些美得叫人痴狂的东西没有一样是我创造的，也没有一件是我经营的，而我那些仅有的记录，也是破碎支离，几乎完全走样的。另芳，聪慧的你，为什么念念要得到我的信呢？

　　"她死的时候没有遗憾，"南馨说，"除了想你的信。你能写一封信给她吗？我要烧给她——我是信耶稣的，我想耶稣一定会拿给她的。"

　　她是那样天真，我是要写给你的，我一直想着要写的，我把我的信交给她，但是，我想你已经不需要它了。你此刻在做什么呢？正在和鼓翼的小天使嬉戏吧？或是拿软软的白云捏人像吧？（你可曾塑过我的？）再不然就一定是在茂美的林园里倾听金琴的轻拨了。

另芳，想象中，你是一个纤柔多愁的影子，皮肤是细致的浅黄，眉很浓，眼很深，嘴唇很薄（但不爱说话），是吗？常常穿着淡蓝色的衣裙，喜欢望帘外的落雨而出神，是吗？另芳，或许我们真不该见面的，好让我想象中的你更为真切。

另芳，雨仍下着，淡淡的哀愁在雨里飘零。遥想你墓地上的草早该绿透了，但今年春天你却没有看见。想象中有一朵白色的小花开在你的坟头，透明而苍白，在雨中幽幽地抽泣。

而在天上，在那灿烂的灵境上，是不是也正落着阳光的雨、落花的雨和音乐的雨呢？另芳，请俯下你的脸来，看我们，以及你生长过的地方。或许你会觉得好笑，便立刻把头转开了。你会惊讶地自语："那些年，我怎么那么痴呢？其实，那些事不是都显得很滑稽吗？"

另芳，你看，我写了这样多的，是的，其实写这些信也很滑稽，在永恒里你已不需要这些了。但我还是要写，我许诺过要写的。

或者，明天早晨，小天使会在你的窗前放一朵白色的小花，上面滚动着无数银亮的小雨珠。

"这是什么？"

"这是我们在地上发现的，有一个人，写了一封信给你，我们不愿把那样拙劣的文字带进来，只好把它化成一朵小白花了——你去念吧，她写的都在里面了。"

那细碎质朴的小白花遂在你的手里轻颤着。另芳，那时候，你怎样想呢？它把什么都说了，而同时，它什么也没有说，那一片白，乱簌簌地摇着，模模糊糊地摇着你生前曾喜爱过的颜色。

那时候，我愿看到你的微笑，隐约而又浅淡，映在花丛的水珠里——那是我从来没有看见，并且也没有想象过的。

二

细致的湘帘外响起潺潺的声音，雨丝和帘子垂直地交织着，遂织出这样一个朦胧黯淡而又多愁绪的下午。

山径上两个顶着书包的孩子在跑着、跳着，互相追逐着。她们不像是雨中的行人，倒像是在过泼水节了。一会儿，她们消逝在树丛后面，我的面前重新现出湿湿的绿野，低低的天空。

手里握着笔，满纸画的都是人头，上次念心理系的王说，人所画的，多半是自己的写照。而我的人像都是沉思的，嘴角有一些悲悯的笑意。那么，难道这些都是我吗？难道这些身上穿着曳地长裙，右手握着檀香折扇，左手擎着小花阳伞的都是我吗？咦，我竟是那个样子吗？

一张信笺摊在玻璃板上，白而又薄。信债欠得太多了，究竟今天先还谁的呢？黄昏的雨落得这样忧愁，那千万只柔柔的纤指抚弄着一束看不见的弦索，轻挑慢捻，触着的总是一片凄凉悲怆。

那么，今日的信寄给谁呢？谁愿意看一带灰白的烟雨呢？但是，我的眼前又没有万里晴岚，这封信却怎么写呢？

这样吧，寄给自己，那个逝去的自己。寄给那个听小舅讲《灰姑娘》的女孩子，寄给那个跟父亲念《新丰折臂翁》的中学生。寄给那个在水边静坐的织梦者，寄给那个在窗前扶头沉思者。

但是，她在哪里呢？就像刚才那两个在山径上嬉玩的孩童，倏忽之间，便无法追寻了。而那个"我"呢？你隐藏到哪一处树丛后面去了呢？

你听，雨落得这样温柔，这不是你所盼的雨吗？记得那一次，你站在后庭里，抬起头，让雨水落在你张开的口时，那真是好笑的。你又喜欢一大早爬起来，到小树叶下去找雨珠儿。很小心地放在写算术用的化学垫板上，高兴得像是得了一满盘珠宝。你真是很富有的孩子，真的。

什么时候你又走进中学的校园了，在遮天的古木下，听隆隆的雷声，看松鼠在枝间乱跳，你忽然欢悦起来。你的欣喜有一种原始的单纯和热烈，使你生起一种欲舞的意念。但当天空陡然变黑，暴风夹雨而至的时候，你就突然静穆下来，带着一种虔诚的敬畏。你是喜欢雨，你一向如此。

那年夏天，教室后面那棵花树开得特别灿美，你和芷同时都发现了。那些嫩枝被成串的黄花压得低垂下来，一直垂到小楼的窗口。每当落雨时分，那些花串儿就变得透明起来，美得让人简直不敢喘气。

那天下课的时候，你和芷站在窗前。花在雨里，雨在花里，你们遂被那些声音、那些颜色颠倒了。但渐渐地，那些声音和颜色也悄然退去，你们遂迷失在生命早年的梦里。猛回来，教室竟空了，才想起那一节音乐课，同学们都走光了。那天老师没骂你们，真是很幸运的——不过他本来就不该骂你们，你们在听夏日花雨的组曲呢！

渐渐地，你会忧愁了。当夜间，你不自禁地去听竹叶滴雨的微响；当初秋，你勉强念着"留得残荷听雨声"，你就模模糊糊地为自己拼凑起一些哀愁了。你愁着什么呢？你不能回答——你至今都不能回答。你不能抑制自己去喜欢那些苍凉的景物，又不能保护自己不受那种愁绪的感染。其实，你是不必那么善感，你看，别人家都忙自己的事，偏是你要愁那不相干的愁。

年齿渐长，慢慢也会遭逢一点人事了，只是很少看到你心平气和过，并且总是带着鄙夷，看那些血气衰败到不得不心平气和的人，在你，爱是火炽的，恨是死冰的，同情是渊深的，哀愁是层叠的。但是，谁知道呢？人们总说你是文静的，只当你是温柔的，他们永远不了解，你所以爱阳光，是钦慕那种光明；你所以爱雨水，是向往那份淋漓。但是，谁知道呢？

当你读到《论语》上那句"知其不可而为之"，忽然血如潮涌，几天之久不能安座。你从来没有经过这样大的暴雨——在你的思想和心灵之中。你仿佛看见那位圣人的终生颠沛，因而预感到自己的一部分命运。但你不能不同时感到欣慰，因为许久以来，你所想要表达的一个意念，竟在两千年前的一部典籍上出现了。直到现在，一想起这句话，我心里总激动得不能自己。你真是傻得可笑，你。

凭窗望去，雨已看不分明，黄昏竟也过去了。只是那清晰的声音仍然持续，像乐谱上一个延长符号。那么，今夜又是一个凄冷的雨夜了。你在哪里呢？你愿意今宵来入梦吗？带我到某个旧游之处去走走吧！南京的古老城墙是否已经苔滑？柳州的峻拔山水是否也已剥落？

下一次写信是什么时候呢？我不知道。当有一天我老的时候，或许会写一封很长的信给你呢！我不希望你接到一封有谴责意味的信，我是多么期望能写一封感谢的赞美的信啊！只是，那时候的你配得到它吗？

雨声滴答，寥落而美丽。在不经意的一瞥中，忽然发现小室里的灯光竟这般温柔；同时，在不经意的回顾里，你童稚的光辉竟也在遥远的地方闪烁。而我呢？我的光芒呢？真的，我的光芒呢？在许多年之后，当我桌上这盏灯燃尽了，世上还有没有其他的光呢？哦，我的朋友，我不知道那么多，只愿那时候你我仍发着光，在每个黑暗凄冷的雨夜里。

让野生动物野

"让野生动物野！"

这是美国优胜美地国家公园给游客的告示。

让野生动物去野！不要喂它。喂它，就是宠它。但野生动物不是宠物，不该遭人喂食。

小松鼠、小花栗鼠、美丽的蓝樫鸟、大黑熊、灰狼……都那么可爱，游客一念之仁，便不免去施食。

然而这施食却成了伤害。

"一旦喂食，你就把野生动物变成乞丐了。"

告示上说。

原来，不仅是"嗟来之食"不可吃，就连"礼貌性地施食"也不可以接受，一旦接受惯了，就立刻变成乞丐。

"它们会跟着汽车跑着乞食，弄不好，就给压死。"

告示上的说明令人触目惊心——那个会抛出食物的机械之神，居然同时也是可以压死人的恶兽。

"据'跟踪器'显示，经过喂食的黑熊，在山林里走了一百六十千米，都不曾主动去觅食，因为它觉得食物反正自己就会送上门来。"

武侠小说里江湖英雄最悲惨的命运其实不是死亡，而是遭人挑了手筋脚筋，以致"废了一身武功"。

野生动物一旦遭到人类好心喂食，就等于英雄豪杰遭人废了武功。一项简简单单自己找东西自己吃的生存法则居然也不会了。

"而且，人类有许多含添加剂的精致食物会使动物严重脱毛。"

这一项说明，是大峡谷国家公园强调的。

我在崇山峻岭间行走时，不免为这样的告示惊动，原来"天地之漠漠无亲"才是大悲，人类的小德小惠，反是不仁。

"我曾被什么所豢养吗？有没有哪一种施食方式将我变成乞丐了？"

我栗然自问。

戈壁酸梅汤和低调幸福

前年盛夏，我人在蒙古国的戈壁滩，太阳直射，唉！其实已经不是太阳直射不直射的问题了，根本上你就像站在太阳里面呢！我觉得自己口干舌燥，这时，若有人在身边划火柴，我一定会赶快走避，因为这么一个干渴欲燃的我，绝对有引爆之虞。

"知道我现在最想最想要的东西是什么吗？"我问众游伴。

很惭愧，在那个一倒地即可成为"速成脱水人干"的时刻，我心里想的不是什么道统的传承，不是民族的休戚，也不是丈夫儿女……

我说："是酸梅汤啦！想想如果现在有一杯酸梅汤……"

此语一出，立刻引来大伙一片回应。其实那时车上尚有凉水。只是，有些渴，是水也解决不了的。

于是大家相约，等飞去北京，一定要去找一杯冰镇酸梅汤来解渴。这也叫"望梅止渴"吧！是以"三天后的梅"来止"此刻的渴"。

北京好像是酸梅汤的故乡，这印象我是从梁实秋先生的文章里读到的。那酸梅汤不只是酸梅汤，它的贩卖处设在琉璃厂。琉璃厂卖的是旧书、旧文物，本来就是清凉之地。客人逛走完了，低头饮啜一杯酸梅汤，梁老笔下的酸梅汤竟成了"双料之饮"——是和着书香喝下去的古典冷泉。

及至由蒙古国回到北京，那长安大街上哪里找得到什么酸梅汤的影子，到处都在卖可口可乐。

而梁老也早已大去，就算他仍活着，就算他陪我们一起来逛这北京城，就算我们找到了道道地地的酸梅汤，梁老也已经连喝一口的福气也没有了——他晚年颇为糖尿病所苦。在长安大街上走着走着，就想落泪，一代巨匠，一旦搅入轮回大限，也只能如此草草败下阵去。

好像，忽然之间，"幸福"的定义就跃跃然要进出来了。所谓幸福，就是活着，就是在盛暑酷热的日子喝一杯甘洌沁脾的酸梅汤，虽然这种属于幸福的定义未免定得太低调。

回到台北，我立刻到中药铺去抓几服酸梅汤料（买中药要说"抓"，"抓"字用得真好，是人跟草药间的动作），酸梅汤料其实很简单，基本上是乌梅加山楂，甘草可以略放几片。但在台湾，却流行在每服配料里另加六七朵洛神花。酸梅汤的颜色本来只是像浓茶，有了洛神花便添几分艳俏。如果真把当年北京的酸梅汤盛一盏来和今日台湾的并列，前者如侠士，后者便是侠女了。

酸梅汤当然要放糖，但一定要放未漂白的深黄色粗砂糖，黄糖较甜，而且有一股焦香，糖须趁热搅入（台糖另有很可爱的小粒黄色冰糖，但因是塑胶盒，我便拒买了）。汤汁半凉时，还可以加几匙蜂蜜，蜂蜜忌热，只能用温水调开。

如果有桂花酱，那就更得无上妙谛了。

剩下来的，就是时间，给它一天半天的时间，让它慢慢从鼎沸火烫修炼成冰崖下滴的寒泉。

女儿当时虽已是大学生，但每次骑车从滚滚红尘中回到家里，猛啜一口酸梅汤之际，仍然忍不住又成了雀跃三尺的小孩。古代贵族每有世世相传的家徽，我们市井小民弄不起那种高贵的符号，但一家能有几样"家饮""家食""家点"来传之子孙也算不错，而且实惠受用。古人又喜以宝鼎传世，我想传鼎不如传食谱食方，后者才是"软体"呢！

因为有酸梅汤，溽暑之苦算来也不见得就不能忍受了。

有时，兀自对着热气氤氲上腾的一锅待凉的酸梅汤，觉得自己好像也是烧丹炼汞的术士，法力无边。我可以把来自海峡彼岸的一片梅林、一树山楂和几丛金桂，加上几朵来自东台湾山乡的霞红的洛神花，还有南部平原上的甘蔗田，忽地一抓，全摄入我杯中，成为琼浆玉液。这种好事，令人有神功既成，应来设坛谢天的冲动。

好，我再来重复一次这妙饮的配方：乌梅、山楂、甘草、洛神花、糖、蜂蜜、桂花，加上反复滚沸的慢火和缓缓降温的时间。此外，如果你真的希望让你手中的那杯酸梅汤和我这杯一样好喝的话，那么你还须再加上一颗对生活"有所待却无所求"的易于感谢的心。

发了芽的番薯

买完了米，看见米箱旁边另有一箱番薯，我便问老板娘：

"你们有没有发了芽的番薯？"

她看着我，微微愣了一下，体味我的话里究竟有多少来者不善的意味。

"我们卖的番薯都是刚挖的啦！你放心！"

"不是啦，是我特别要买发了芽的来'排看'的啦！"

"啊，有，有，有，你不早说，就是学校老师叫小孩带去的那一种。"

"对，对，"我附和她，"就是老师要的那种！"

其实我的孩子早已不用带着番薯去小学了，他在努力对付他的博士学位。

一转身，老板娘已从屋里拿出三个长着芽叶的番薯。

"免钱，这些本来打算自己吃的，吃不完，发了芽不能吃，丢了又可惜，你要拿去，最好了——免钱！"

我还是给了钱——面对这么美丽的新绿怎能不付费？

番薯拿回来，透透迤迤长满一窗台，我仿佛也因而拥有了一块仿冒的旱田。

记得是小学时候，老师说的，洋芋或番薯，发了芽就该丢掉，以免吃了中毒——但那吃下去可能中毒的小小茎块，只要换个方式发落，居然是人间至美的"多宝格"，可以吐出一片接一片的绿碧玺来呢！

很少有生命会一无是处吧？民间俗谚说："船破有底，底破有三千钉。"对一条生命而言，"放弃"，永远是一个荒谬、邪恶的字眼。

第四辑

等待春天的八十一道笔画

偷春体

——窃取春天的身体

偷春体。

我在纸上写下这三个字，顺手递给一位年轻的女学者。

"这三个字，你猜是什么意思？"

她凑近一看，微有几分羞赧。

"哦，跟色情有关吗？"

我笑了，果然不出所料。

"不，跟色情一点关系也没有，这是属于律诗的专有名词，我举个例子给你看，像李白的《送友人》：

> 青山横北郭，白水绕东城。
> 此地一为别，孤蓬万里征。
> 浮云游子意，落日故人情。

挥手自兹去，萧萧班马鸣。

　　这就是偷春体的诗了。"

　　"我看不出什么特别，不就是一首诗吗？"

　　"好吧，我来解释一下，'偷春'的意思就是偷偷跑在春天的前面，跑在春天的前面去干什么呢？跑在前面原来是想要早于春天而开花。谁是在起跑线上偷跑而赶着忙着去开花的家伙？原来是梅花，它在十二月就悄悄开起花来……"

　　"这些跟诗有什么关系啊？"

　　"律诗的规矩，在八句里面，三句和四句、五句和六句，要各自形成一个对偶句。可是有的诗人偏要在一二句就偷偷先对偶，真到三四句，他反而不想对了，这种偷跑的行为在律诗的'行话'里就叫作'偷春体'。像悄悄地偷在春天来到之前就绽放的梅花。"

　　"你原来是要跟我谈一种属于诗的专有名词吗？"学者毕竟是学者，她立刻想要探究我的本意。

　　"不是的，"我笑了，"我最近自己发明了另一种'偷春体'，我的偷春体指的是'窃取春天的身体'。"

　　"春天有身体吗？"

　　"哎，春天有没有身体，我也不敢十拿九稳，这件事值得来开个辩论会。在我的思维中，春天的身体应该藏在小小的树苗里。"

　　"是吗？所以说你就偷了小树苗。"

　　"对，春天，我一个人在深巷里走，见到有些小树苗从砖头缝里或水沟旁冒出来，它们大约只有我的小拇指大，却青翠欲滴、浑然天成。它们多半是榕树或雀榕。这种树真是神奇，你看它那么小，真要拔它居然五棵里有四棵是拔它不动的。"

"你去拔这种不值钱的东西干什么？"

"大概是由于绝望吧，春天的美是如此垂天而下、浩荡无边，是如此不可夺、不可褒。可怜的我走过春天能有何获？它那千秋万世的不绝生机于我何益何增？我只好偷取一棵墙角砖缝里寄生的小树苗，并且将它移植在小钵里，这样我就算大功告成，窃取了一小块春天的身体了。较之盗火的希腊神祇，我想我的盗树行为是聪明多了。"

"这个'偷'，合法吗？"

"我起先也想过这问题，所以迟迟没下手，不料，有一次，看到墙角水泥缝隙里有一株雀榕，那天我赶着去开会，心想等周末再来，可是，周末再去时，我发现屋主大扫除过了，没留下一片绿叶。我才知道这东西对某些人而言，是'除恶务尽的垃圾'，这以后，我就'偷'得很安心了。"

"那小树苗后来种活了吗？"

"当然种活了，它是春天的青鬓或须眉，它是春天的身体，所以，它是有法力的呀！只要一小撮土，它就幻化成一座微型森林给我。春风和人间，转眼一拍两散，但小树是春天结的青筋，至今仍在我的案头舒活呢！"

不过，这件事整个过程中最兴奋的部分，当然不是我种活了一棵小树苗。那个，到花市、到大卖场都可以便宜买到。最快乐的是古人曾用过的一个专有名词，现在没人用了，我于现实生活里却用了它，并且给了它一个新的定义。

有人收藏过情人的发缕或指甲的吗？我收藏的却是一块向春天偷来的细胞，它为我挽留下的是二〇〇八年一去便永远永远再也不会回头的春天。

第一个月盈之夜

月亮节

世上爱月的民族，中国人要算一个。

犹太人、阿拉伯人虽然也爱月，却不似中国人弄出一年五个"月亮节"出来。

第一个月亮节便是元宵，一年里的第一度月圆，这时候虽然一时还天寒地冻，却不免有潜伏的春意在各地部署，并且蠢蠢欲动。

第二个月亮节是二月十五日，也叫花朝，据说是百花的生日。花真聪明，怎么刚好就找到第二度月圆做生日呢？想必是群芳商量好了，从大地母亲的肚子上剖腹而生，为了纪念那圆浑的母腹，她们以月盈夜为生日。

第三个是中元节，严格说起来，是给鬼过的"月亮节"，其实鬼心虚虚怯怯，未必喜欢月明之夜呢！不过人世里的活人总以为他们会留下那份固执的回忆，仍然爱着那丸透明莹彻的团圞月。

第四个是中秋节，时令到了八月半，整个大地都圆熟了，乃设起人间的圆瓜、圆饼、圆果来遥拜圆月。中国人的拜月只如朋友见面相揖，并无"拜月教"的慎重，反而有一份自然质朴的相知之情，一时间恍惚只觉口中吃的竟是月光，天上悬的反是宇宙的瓜果了。台湾旧俗有"照月光"事，便是令妇人观月浴月，谓之容易怀孕。此事或于中秋或于元宵进行，想来是由于月亮由亏至盈的神秘过程令人迷惑，觉得那也是一番大孕育吧？

第五个也称"下元节"，只祭祖，在十月十五日。

月亮与灯

据说，月亮从太阳学会发光——而灯，却从月亮学会发光，灯应该是太阳的再传弟子。

我们虽有五个月亮节，却只有上元与中秋和月亮有比较直接的关系。中秋夜用瓜果饼饵来模拟月，上元夜则用花灯来模拟月。灯是自我设限的火，极谨守、极谦退，从来不想去燎原、去焚山，只想守住小小的光焰，只想本分地照出一小团可信赖的光辉。灯是招之即来，挥之即去的光，像旧式的母亲，婉转随儿女，却又自有其尊贵。

谁家见月能闲坐

谁家见月能闲坐？

何处闻灯不看来！

那是唐朝诗人崔液绝句《上元夜》里的句子。

去年元夜时，

花市灯如昼。

月上柳梢头，

人约黄昏后。

今年元夜时，

月与灯依旧。

不见去年人，

泪湿青衫袖。

　　这阕《生查子》相传或是朱淑真的，当然也有说是别人写的，我倒是宁可相信它出于一位女词人之手。

　　男性词人的元夜感怀，不免比女子少一份柔情，多一份苍凉，像张抡的《烛影摇红》便是如此：

驰隙流年，

恍如一瞬星霜换。

今宵谁念泣孤臣？

回首长安远。

可是尘缘未断，

漫惆怅华胥梦短。

满怀幽恨，

数点寒灯，

几声归雁。

　　姜白石的《鹧鸪天》，所记的也是元夕的悲怆：

春未绿，

鬓先丝。

人间别久不成悲。

谁教岁岁红莲夜，

两处沉吟各自知。

刘克庄的《生查子》也有类似的无奈：

繁灯夺霁华，

戏鼓侵明发。

物色旧时同，

情味中年别。

元夜词里最被后人赏识的恐怕是辛稼轩的《青玉案》了：

东风夜放花千树，

更吹落、星如雨。

宝马雕车香满路。

凤箫声动，

玉壶光转，

一夜鱼龙舞。

蛾儿雪柳黄金缕，

笑语盈盈暗香去。

众里寻他千百度，

蓦然回首，

那人却在，灯火阑珊处。

辛稼轩写的是一阕词，但是八百年后却有人把它当一则诗谜来忖度。

八百年前一诗谜

上元之夜，是月亮节，是灯节以及谜语节。

月是天上的灯，灯是地下的月，而谜语呢，谜语是人心内在的月光，启动最初的智慧，是照亮灵明处的一线幽辉。

所有的孩子都喜欢谜语。

所有神话里的英雄，都必须通过谜语。

而稼轩的词，算不算一则谜语呢？那其间又有什么深意？几百年后的王静安坐在书桌前，写他的《人间词话》。

他是一个细腻的学者，纤柔敏感。

"尼采谓一切文学，"他在纸上写下，"余爱以血书者，后主之词，真所谓以血书者也。"

用尼采来论后主，这便是静安先生了。他又继续写下去，宁静的眼神渐渐透出热切的凝注：

古今之成大事业、大学问者，必经过三种之境界：
"昨夜西风凋碧树，
独上高楼，
望尽天涯路。"
此第一境也。
"衣带渐宽终不悔，

为伊消得人憔悴。"

此第二境也。

"众里寻他千百度，

蓦然回首，

那人却在，灯火阑珊处。"

此第三境也。

写完三个境界，他掷笔兀然了。这三首词的作者，晏殊、柳永和辛稼轩会同意他的说法吗？

他们并不曾设下谜语，他却偏要品味作者自己也不曾确知的语言背后的玄机，他是对的吗？

也许，所有的诗、所有的词、所有拈花微笑的禅意都是谜吧？"众里寻他千百度"，寻的是什么呢？寻的是上元夜芸芸众生里的青衫或红袖？抑或自己心头的一点渴望？

第一个月盈之夜

一年里的第一个月盈之夜，此夜唯一的责任是欢乐。

一年里唯一的灯节，此夕应看遍人间繁华。

一年里唯一猜人也被人猜的日子，生命的虚虚实实、真真幻幻，除了谜语，还有什么更好的媒体可以说明？

祝福人世，祝福你——你这与我共此明月、共此繁灯、共此人生之谜的人。

月，阙也

"月，阙也。"这是一本两千年前的文学专著的解释。阙，就是"缺"的意思。

那解释使我着迷。

曾国藩把自己的住所题作"求阙斋"，求缺？为什么？为什么不求完美？

那斋名也使我着迷。

"阙"有什么好呢？"阙"简直有点像古中国性格中的一部分，我渐渐爱上了"阙"的境界。

我不再爱花好月圆了吗？不是的，我只是开始了解花开是一种偶然，同时学会了爱它们月不圆、花不开的"常态"。

在中国的传统里，"天残地缺"或"天聋地哑"的说法几乎毫无疑问地被一般人所接受。也许由于长期的患难困惑，中国神话对天地的解释常是令人惊讶的。

在《淮南子》里，我们发现中国的天空和中国的大地都是曾经受伤的。女娲以其柔和的慈手补缀，抚平了一切残破。当时，天穿了，女娲炼五色石补了天。地摇了，女娲折断了神鳌的脚爪垫稳了四极（多像老祖母叠起报纸垫桌子腿）。她又像一个能干的主妇，扫了一堆芦灰，止住了洪水。

中国人一直相信天地也有其残缺。

我非常喜欢中国西南部少数民族的神话。他们说，天地是男神女神合造的。当时男神负责造天，女神负责造地。等他们各自分头完成了天地而打算合在一起的时候，可怕的事发生了：女神太勤快，把地造得太大，以至于跟天没法合得起来了。但是，他们终于想到了一个好办法，他们把地折叠了起来，形成高山低谷，然后，天地才合起来了。

是不是西南的崇山峻岭给他们灵感，使他们想起了这则神话呢？

天地是有缺陷的，但缺陷造成了褶皱，褶皱造成了奇峰幽谷之美。月亮是不能长圆的，人生不如意事十之八九，当我们心平气和地承认这一切缺陷的时候，我们忽然发觉没有什么是不可以接受的。

在另一则汉民族的神话里，说到大地曾被共工氏撞不周山时撞歪了——从此"地陷东南"，长江、黄河便一路浩浩渺渺地向东流去，流出几千里惊心动魄的风景。而天空也在当时被一起撞歪了，不过歪的方向相反，是歪向西北，据说日月星辰因此"哗啦啦"一声大部分都倒到了那个方向去了。如果某个夏夜我们抬头而看，忽然发现群星灼灼然的方向，就让我们相信，属于中国的天空是"天倾西北"的吧！

五千年来，汉民族便在这歪倒倾斜的天地之间挺直脊骨生活下去，只因我们相信残缺不但是可以接受的，而且是美丽的。

而月亮，到底曾经真正圆过吗？人生世上其实也没有看过真正圆的东西，一张葱油饼不够圆，一块镍币也不够圆，即使是圆规画的圆，如果用高度显微镜来看也不可能圆得很完美。

真正的圆存在于理念之中，而在现实世界里，我们只能做圆的"复制品"。就现实的操作而言，一截儿圆规上的铅笔芯在画圆的起点和终点时，已经粗细不一样了。

所有的天体远看都呈球形，但不是绝对的圆，地球是约略近于椭圆形。

就算我们承认月亮约略的圆光也算圆，它也是"方其圆时，即其缺时"。有如十二点整的钟声，当你听到钟声时，已经不是十二点了。

此外，我们更可以换个角度看。我们说月圆月缺其实是受我们有限的视觉所欺骗。有盈虚变化的是月光，而不是月球本身。月何尝圆，又何尝缺，它只不过是像地球一样不增不减的兀自圆着——以它那不十分圆的圆。

花朝月夕，固然是好的，只是真正的看花人哪一刻不能赏花？在出生的绿芽嫩嫩怯怯地探出土时，花已暗藏在那里。当柔软的枝条试探地在大气中舒手舒脚时，花在那里。当香销红黯委地成泥的时候，花仍在那里。当一场雨后只见满丛绿肥的时候，花还在那里。当果实成熟时，花恒在那里。甚至当果核深埋地下时，花依然在那里……

或见或不见，花总在那里。或盈或缺，月总在那里，不要做一朝的看花人吧！不要做一夕的赏月人吧！人生在世哪一刻不美好完美？哪一刹那不该顶礼膜拜感激欢欣呢？

因为我们爱过圆月，让我们也爱缺月吧——它们原是同一个月亮啊！

错　误
——中国故事常见的开端

在中国，错误不见得是一件坏事，诗人愁予有首诗，题目就叫《错误》，末段那句"我嗒嗒的马蹄是美丽的错误"四十年来像一支名笛，不知被多少嘴唇呜然吹响。

《三国志》里记载周瑜雅擅音律，即使酒后也仍然轻易可以辨出乐工的错误。当时民间有首歌谣唱道："曲有误，周郎顾。"后世诗人多事，故意翻写了两句："欲使周郎顾，时时误拂弦。"真是无限机趣，描述弹琴的女孩贪看周郎的眉目，故意多弹错几个音，害他频频回首，风流俊赏的周郎哪里料到自己竟中了弹琴素手甜蜜的机关。

在中国，故事里的错误也仿佛是那弹琴女子在略施巧计，是善意而美丽的——想想，如果不错它几个音，又焉能赚得你的回眸呢？错误，对中国故事而言有时几乎成为必须了。如果你看到《花田错》《风筝误》《误入桃源》这样的戏目不要觉得古怪，如果不错它一错，哪来的故事呢！

有位德国戏剧家布莱希特写过一出《高加索灰阑记》，不但取了中国故事做蓝本，学了中国京剧表演方式，到最后，连那判案的法官也十分中国化了。他故意把两起案子误判，反而救了两桩婚姻，真是彻底中式的误打误撞，而自成佳境。

身为一个中国读者或观众，虽然不免训练有素，但在说书人的梨花简嗒然一声敲响，或书页已尽正准备掩卷叹息的时候，不免悠悠想起，咦？怎么又来了，怎么一切的情节，都分明从一点点小错误开始？

我们先来讲《红楼梦》吧，女娲炼石补天，偏偏炼了三万六千五百零一块。本来三万六千五百是个完整的数目，非常精准正确，可以刚刚补好残天。女娲既是神明，她心里其实是雪亮的，但她存心要让一向正确的自己错它一次，要把一向精明的手段错它一点。"正确"，只应是对工作的要求，"错误"，才是她乐于留给自己的一道难题，她要看看那块多余的石头，究竟会怎么样往返人世，出入虚实，并且历经情劫。

就是这一点点的谬错，于是大荒山无稽崖青埂峰下，便有了一块顽石，而由于有了这块顽石，又牵出了日后的通灵宝玉。

整一部《红楼梦》，原来恰恰只是数学上三万六千五百分之一的误差而滑移出来的轨迹，并且逐步演化出一串荒唐幽渺的情节。世上的错误往往不美丽，而美丽每每不错误，唯独运气好碰上"美丽的错误"才可以生发出歌哭交感的故事。

《水浒传》楔子里的铸错则和希腊神话"潘多拉的盒子"有些类似，都是禁不住好奇，去窥探人类不该追究的奥秘。

但相较之下，洪太尉"揭封"又比潘多拉"开盒子"复杂得多。他走到了三清堂的右廊尽头，发现了一座奇特神秘的建筑：门缝上交叉贴着十几道封纸，上面高悬着"伏魔之殿"四个字，据说从唐朝以来，八九代天师每一代都亲自再贴一层封皮，锁孔里还灌了铜汁。洪太尉禁不住引诱，竟打烂了锁，撕下封条，踢倒大门，撞进去掘起石碣，搬走石龟，最后又扛起一丈见方的大青石板，这才看到下面原来是万丈深渊。刹那，黑烟上腾，散成金光，激射而出。仅此一念之差，他放走了三十六座天罡星和七十二座地煞星，合共一百零八个魔王……

《水浒传》里一百零八个好汉便是这样来的。

那一番莽撞，不意冥冥中竟也暗合天道，早在天师的掐指计算中——中国故事至终总会在混乱无序里找到秩序。这一百零八个好汉毕竟曾使荒凉的年代有一腔热血，给邪曲的世道一副直心肠。中国的历史当然不该少了尧舜孔孟，但如果不是洪太尉伏魔殿那一搅和，我们就失掉夜奔的林冲或醉打出山门的鲁智深，想来那也是怪可惜的呢！

洪太尉的胡闹恰似顽童推倒供桌，把袅袅烟雾中的时鲜瓜果散落一地，遂令天界的清供化成人间童子的零食。两相比照，我倒宁可看到洪太尉触犯天机，因为没有错误就没有故事——而没有故事的人生可怎么忍受呢？

一部《镜花缘》又是怎么样的来由？说来也是因为百花仙子犯了一点小小的行政上的错误，因此便有了众位花仙贬入凡尘的情节。犯了错，并且以长长的一生去截补，这其实也正是大部分的人间故事吧！

也许由于是农业社会，我们的故事里充满了对四时以及对风霜雨露的时序的尊重。《西游记》里的那条老龙王为了跟人打赌，故意把下雨的时间延后两小时，把雨量减少三寸零八点，其结果竟是惨遭斩头。不过，龙王是男性，追究起责任来动用的是刑法，未免无情。说起来女性仙子的命运好多了，中国仙界的女权向来相当高涨，除了王母娘娘是仙界的铁娘子以外，众女仙也各司要职。像"百花仙子"，担任的便是最美丽的任务。后来因为访友下棋未归，下达命令的系统弄乱了，众花在雪夜奉人间女皇帝之命提前齐开。这一番"美丽的错误"引致一种中国仙界颇为流行的惩罚方式——贬入凡尘。这种做了人的仙即所谓"谪仙"（李白就曾被人怀疑是这种身份）。好在她们的刑罚与龙王大不相同，否则如果也杀砍百花之头，一片红紫狼藉，岂不伤心！

百花既入凡尘，一个个身世当然不同，她们佻佻美丽，不苟流俗，各自跨步走向属于她们自己那一番人世历程。

这一段美丽的错误和美丽的罚法都好得令人艳羡称奇！

从比较文学的观点看来，有人以为中国故事里往往缺少叛逆英雄。像宙斯，那样弑父自立的神明；像雅典娜，必须拿斧头砍开父亲脑袋，自己才跳得出来的女神，在中国是不兴有的。就算捣蛋精的哪吒太子，一旦与父亲冲突，也万不敢"叛逆"，他只能"剔骨剜肉"以还父母罢了。中国的故事总是从一件小小的错误开端，诸如多炼了一块石头，失手打了一件琉璃盏，太早揭开坛子上有法力的封口（关公因此早产，并且终生有一张胎儿似的红脸）。不是叛逆，是可以谅解的小过小犯，是失手，是大意，是一时兴起或一时失察。"叛逆"太强烈，那不是中国方式。中国故事只有"错"，而"错"这个既是"错误"之错，也是"交错"之错，交错不是什么严重的事，只是两人或两事交互的作用——在人与人的盘根错节间就算是错也不怎么样。像百花之仙，待历经尘劫回来，依旧是仙，仍旧冰清玉洁、馥馥郁郁，仍然像掌理军机令一样准确地依时开花。就算在受刑期间，那也是一场美丽的受罚，她们是人间女儿，兰心蕙质，生当大唐盛世，个个"纵其才而横其艳"，直令千古以下，回首乍望的我忍不住意飞神驰。

年轻，有许多好处，其中最足以傲视人者莫过于"有本钱去错"，年轻人犯错，你总得担待他三分——

有一次，我给学生定了作业，要他们每人念几十首诗，录在录音带上交上来。有的学生念得极好，有的又念又唱，极为精彩。有的却有口无心。苏东坡的"一年好景君须记，正是橙黄橘绿时"，不知怎么回事，有好几个学生念成"一年好景须君记"，我听了，一面摇头莞尔，一面觉得也罢，苏东坡大约也不会太生气。本来的句子是"请你要记得这些好景致"，现在变成了"好景致得要你这种人来记"，这种错法反而更见朋友之间相知相重之情了。好景年年有，但是，得要有好人物来记才行呀！你，就是那可以去记住天地岁华美好面的我的朋友啊！

有时候念错的诗也自有天机欲泄，也自有密码可索，只要你有一颗肯接纳的心。

在中国，那些小小的差误，那些无心的过失，都有如偏离大道以后的岔路。岔路亦自有其可观的风景，"曲径"似乎反而理直气壮地可以"通幽"。错有错着，生命和人世在其严厉的大制约和惨烈的大叛逆之外，又何妨存在中国式的小差错、小谬误或小小的不精确。让岔路可以是另一条大路的起点，容错误是中国式故事里急转直下的美丽情节。

玉　想

一、只是美丽起来的石头

一向不喜欢宝石——最近却悄悄地喜欢了玉。宝石是西方的产物，一块钻石，割成几千几百个"割切面"，光线就从那里面激射而出，挟势凌厉，美得几乎具有侵略性，使我不由得不提防起来。我知道自己无法跟它的凶悍逼人相垺，不过至少可以决定"我不喜欢它"。让它在英女王的皇冠上闪烁，让它在展览会上伴以投射灯和响尾蛇（防盗用）展出，我不喜欢，总可以吧！

玉不同，玉是温柔的，早期的字书解释玉，也只说："玉，石之美者。"原来玉也只是石，是许多混沌的生命中忽然脱颖而出的那一点灵光。正如许多孩子在夏夜的庭院里听老人讲古，忽有一个因洪秀全的故事而兴天下之想，遂有了孙中山。又如溪畔群童，人人都看到活泼泼的逆流而上的小鱼，却有一个跌入沉思，想人处天地间，亦如此鱼，必须一身逆浪，方能有成，只此一想，便有了蒋中正。所谓伟人，其实只是在游戏场中忽有所悟的那个孩子。所谓玉，只是在时间的广场上因自在玩耍竟而得道的石头。

二、克拉之外

钻石是有价的，一克拉一克拉地算，像超级市场的猪肉，一块块皆有其中规中矩称出来的标价。

玉是无价的，根本就没有可以计值的单位。钻石像谋职，把学历经历乃至成绩单上的分数一一开列出来，以便叙位核薪。玉则像爱情，一个女子能赢得多少爱情完全视对方为她着迷的程度，其间并没有太多法则可循。艾萨克·辛格（诺贝尔文学奖得主）说："文学像女人，别人为什么喜欢她以及为什么不喜欢她的原因，她自己也不知道。"其实，玉当然也有其客观标准，它的硬度，它的晶莹、柔润、缜密、纯全和刻工都可以讨论，只是论玉论到最后关头，竟只剩"喜欢"两字，而喜欢是无价的，你买的不是克拉的计价而是自己珍重的心情。

三、不须镶嵌

钻石不能佩戴，除非经过镶嵌，镶嵌当然也是一种艺术，而玉呢？玉也可以镶嵌，不过却不免显得"多此一举"，玉是可以直接做成戒指、镯子和簪笄的。至于玉坠、玉佩所需要的也只是一根丝绳的编结，用一段千回百绕的纠缠盘结来系住胸前或腰间的那一点沉实，要比金属性冷冷硬硬的镶嵌好吧？

不佩戴的玉也是好的，玉可以把玩，可以做小器具，可以做既可卑微地去搔痒，亦可用以象征富贵吉祥的"如意"，可做用以祀天的璧，亦可做示绝的玦，我想做个玉匠大概比钻石割切人兴奋快乐，玉的世界要大得多、繁富得多，玉是既入于生活也出于生活的，玉是名士美人，可以相与出尘，玉亦是柴米夫妻，可以居家过日。

四、生死以之

一个人活着的时候，全世界跟他一起活——但一个人死的时候，谁来陪他一起死呢？

中古世纪有出质朴简直的古剧叫《人人》（*Every Man*），死神找到那位名叫人人的主角，告诉他死期已至，不能宽贷，却准他结伴同行。人人找"美貌"，"美貌"不肯跟他去，人人找"知识"，"知识"也无意到墓穴里去相陪，人人找"亲情"，"亲情"也顾他不得……

世间万物，只有人类在死亡的时候需要陪葬品吧？其原因也无非由于怕孤寂，活人殉葬太残忍，连土俑殉葬也有些居心不仁，但死亡又是如此幽阒陌生的一条路，如果待嫁的女子需要"陪嫁"来肯定来系连她前半生的娘家岁月，则等待远行的黄泉客何尝不需要"陪葬"来凭借来思忆世上的年华呢？

陪葬物里最缠绵的东西或许便是玉琀蝉了，蝉色半透明，比真实的蝉为薄，向来是含在死者的口中，成为最后的，一句没有声音的语言，那句话在说：

"今天，我入土，像蝉的幼虫一样，不要悲伤，这不叫死，有一天，生命会复活，会展翅，会如夏日出土的鸣蝉……"

那究竟是生者安慰死者而塞入的一句话？抑或死者安慰生者而含着的一句话？如果那是心愿，算不算狂妄的傻愿？如果那是谎言，算不算美丽的谎言？我不知道，只知道玉玲蝉那半透明的豆青或土褐色仿佛是由生入死的薄膜，又恍惚是由死返生的符信，但生生死死的事岂是我这样的凡间女子所能参破的？且在这落雨的下午俯首凝视这枚佩在自己胸前的被烈焰般的红丝线所穿结的玉玲蝉吧！

五、玉肆

我在玉肆中走，忽然看到一块像蛀木又像土块的东西，仿佛一张枯涩凝止的悲容，我驻足良久，问道：

"这是一种什么玉？多少钱？"

"你懂不懂玉？"老板的神色间颇有一种抑制过的傲慢。

"不懂。"

"不懂就不要问！我的玉只卖懂的人。"

我应该生气应该跟他激辩一场的，但不知为什么，近年来碰到类似的场面倒宁可笑笑走开。我虽然不喜欢他的态度，但相较而言，我更不喜欢争辩，尤其痛恨学校里"奥瑞根式"的辩论比赛，一句一句逼着人追问，简直不像人类的对话，嚣张狂肆到极点。

不懂玉就不该买不该问吗？世间识货的又有几人？孔子一生，也没把自己那块美玉成功地推销出去。《水浒传》里的阮小七说："一腔热血，只要卖与识货的！"但谁又是热血的识货买主？连圣贤的光焰，好汉的热血也都难以倾销，几块玉又算什么？不懂玉就不准买玉，不懂人生的人岂不没有权利活下去了？

当然，玉肆的老板大约也不是什么坏人，只是一个除了玉的知识找不出其他可以自豪之处的人吧？

然而，这件事真的很遗憾吗？也不尽然，如果那天我碰到的是个

176

善良的老板，他可能会为我详细解说，我可能心念一动便买下那块玉，只是，果真如此又如何呢？它会成为我的小古玩。但此刻，它是我的一点憾意，一段未圆的梦，一份既未开始当然也就不致结束的情缘。

隔着这许多年，如果今天那玉肆的老板再问我一次是否识玉，我想我仍会回答不懂，懂太难，能疼惜宝重也就够了。何况能懂就能爱吗？在竞选中互相中伤的政敌其实不是彼此十分了解吗？当然，如果情绪高昂，我也许会塞给他一张《说文解字》抄下来的纸条：

> 玉，石之美者，有五德：润泽以温，仁之方也；䚡理自外，可以知中，义之方也；其声舒扬，专以远闻，智之方也；不挠而折，勇之方也；锐廉而不忮，洁之方也。

然而，对爱玉的人而言，连那一番大声铿锵的理由也是多余的。爱玉这件事几乎可以单纯到不知不识而只是一团简简单单的欢喜。像婴儿喜欢清风拂面的感觉，是不必先研究气流风向的。

六、瑕

付钱的时候，小贩又重复了一次：

"我卖你这玛瑙，再便宜不过了。"

我笑笑，没说话，他以为我不信，又加上一句：

"真的——不过这么便宜也有个缘故，你猜为什么？"

"我知道，它有斑点。"本来不想提的，被他一逼，只好说了，免得他一直啰唆。

"哎呀，原来你看出来了，玉石这种东西有斑点就差了，这串项链如果没有瑕疵，哇，那价钱就不得了啦！"

我取了项链，尽快走开。有些话，我只愿意在无人处小心地、断断续续地、有一搭没一搭地说给自己听：

对于这串有斑点的玛瑙，我怎么可能看不出来呢？它的斑痕如此清清楚楚。然而买这样一串项链是出于一个女子小小的侠气吧，凭什么要说有斑点的东西不好？水晶里不是有一种叫"发晶"的种类吗？虎有纹，豹有斑，有谁嫌弃过它的皮毛不够纯色？

就算退一步说，把这斑纹算瑕疵，世间能把瑕疵如此坦然相呈的人也不多吧？凡是可以坦然相见的缺点都不该算缺点的，纯全完美的东西是神器，可供膜拜。但站在一个女人的观点来看，男人和孩子之所以可爱，正是由于他们那些一清二楚的无所掩饰的小缺点吧？就连一个人对自己本身的接纳和纵容，不也是看准了自己的种种小毛病而一笑置之吗？

所有的无瑕是一样的——因为全是百分之百的纯洁透明，但瑕疵斑点却面目各自不同。有的斑痕像藓苔数点，有的是砂岸逶迤，有的是孤云独去，更有的是铁索横江，玩味起来，反而令人欣然心喜。想起平生好友，也是如此，如果不能知道一两件对方的糗事，不能有一两件可笑、可嘲、可詈、可骂之事彼此打趣，友谊恐怕也会变得空洞吧？

有时独坐细味"瑕"字，也觉悠然意远，瑕字左边是玉旁，是先有玉才有瑕的啊！正如先有美人而后才有"美人痣"，先有英雄，而后有悲剧英雄的缺陷性格（tragic flaw）。缺憾必须依附于完美，独存的缺憾岂有美丽可言，天残地缺，是因为天地都如此美好，才容得修地补天的改造的涂痕。一个"坏孩子"之所以可爱，不也正因为他在撒娇、撒赖、蛮不讲理之外有属于一个孩童近乎神明的纯洁了直吗？

瑕的右边是叚，叚有赤红色的意思，瑕的解释是"玉小赤"，我喜欢瑕字的声音，自有一种坦然的不遮不掩的亮烈。完美是难以冀求的，那么，在现实的人生里，请给我有瑕的真玉，而不是无瑕的伪玉。

七、唯一

据说，世间没有两块相同的玉——我相信，雕玉的人岂肯去重复别人的创制。

所以，属于我的这一块，无论贵贱精粗都是天地间独一无二的。我因而疼爱它，珍惜这一场缘分，世上好玉万千，我却恰好遇见这块，世上爱玉人亦有万千，它却偏偏遇见我，但我们之间的聚会，也只是五十年吧？上一个佩玉的人是谁呢？有些事是既不能去想更不能嫉妒的，只能安安分分珍惜这匆匆的相属相连的岁月。

八、活

佩玉的人总相信玉是活的，他们说：

"玉要戴，戴戴就活起来了哩！"

这样的话是真的吗？抑或只是传说臆想？

我不知道自己能不能把一块玉戴活，这是需要时间才能证明的事，也许几十年的肌肤相亲，真可以使玉重新有血脉和呼吸。但如果奇迹是可祈求的，我愿意首先活过来的是我，我的清洁质地，我的致密坚实，我的莹秀温润，我的斐然纹理，我的清声远扬。如果玉可以因人的佩戴而复活，也让人因佩戴玉而复活吧！让每一时每一刻的我莹彩暖暖，如冬日清晨的半窗阳光。

九、石器时代的怀古

把人和玉、玉和人交织成一的神话是《红楼梦》，它也叫《石头记》，在补天的石头群里，主角是那三万六千五百零一块中剩下的一块，天长日久，竟成了通灵宝玉，注定要来人间历经一场情劫。

他的对方则是那似曾相识的绛珠仙草。

那玉，是男子的象征，是对于整个石器时代的怀古。那草，是女子的表记，是对榛榛莽莽洪荒森林的思忆。

静安先生释《红楼梦》中的玉，说"玉"即"欲"，大约也不算错吧？《红楼梦》中含玉字的名字总有其不凡的主人，像宝玉、黛玉、妙玉、红玉，都各自有他们不同的人生欲求。只是那欲似乎可以解作英文里的"want"，是一种不安、一种需索，是不知所从出的缠绵，是最快乐之时的凄凉，最完满之际的缺憾，是自己也不明白所以的惝惝，是想挽住整个春光留下所有桃花的贪心，是大彻大悟与大恋栈之间的摆荡。

神话世界常是既富丽而又高寒的，所以神话人物总要找一件道具或伴当相从，设若龙不吐珠，嫦娥没有玉兔，李聃失了青牛，果老走了肯让人倒骑的驴或是麻姑少了仙桃，孙悟空交回金箍棒，那神话人物真不知如何施展身手了——贾宝玉如果没有那块玉，也只能做美国童话《绿野仙踪》里的"无心人"奥迪斯。

"人非木石，孰能无情"，说这话的人只看到事情的表象，木石世界的深情又岂是我们凡人所能尽知的。

十、玉楼

　　如果你想知道钻石，世上有宝石学校可读，有证书可以证明你的鉴定力。但如果你想知道玉，且安安静静地做自己，并且从肤发的温润、关节的玲珑、眼目的莹澈、意志的凝聚、言笑的清朗中去认知玉吧！玉即是我，所谓文明其实亦即由石入玉的历程，亦即由血肉之躯成为"人"的史页。

　　道家以目为"银海"，以肩为玉楼，想来仙家玉楼连云，也不及人间一肩可担道义的肩胛骨为贵吧？爱玉至极，恐怕也只是返身自重吧？

唐代最幼小的女诗人

她的名字？哦，不，她没有名字。我在翻《全唐诗》的时候遇见她，她躲在不起眼的角落，小小一行。

然而，诗人是不需要名字的，《击壤歌》是谁写的，哪有什么重要？"关关雎鸠"的和鸣至今回响，任何学者想为那首诗找作者，都只是徒劳无功罢了。

也许出于编撰者的好习惯，她勉强也有个名字。在《全唐诗》两千两百个作者群里，她有一个可以辨识的记号，她叫"七岁女子"。

七岁，就会写诗，当然很天才，但这种天才，不止她一个人。有一个叫骆宾王的，也是个小天才，他七岁那年写了一首《咏鹅》的诗，很传诵一时：

鹅，鹅，鹅，
曲项向天歌。
白毛浮绿水，
红掌拨清波。

骆宾王后来列名"初唐四杰",算是混出名堂的诗人。但这号称"七岁女子"的女孩,却再没有人提起她,她也没有第二首诗传世。

几年前,我因提倡"小学生读古典诗",被"国立编译馆"点名为编辑委员,负责编写给国小孩子读的古诗。我既然自己点了火,想脱逃也觉得不好意思,只好硬着头皮每周一次去上工。

开编辑会的时候,我坚持要选这个小女孩的诗,其他委员倒也很快就同意了。《全唐诗》共四万八千首,《全宋诗》更超越此数,中国古典诗白纸黑字印出来的,我粗估也有三十万首以上(幸亏,有些人的诗作亡佚消失了,像宋代的杨万里,他本来一口气便写了两万多首,要是人人像他,并且都不失传,岂不累死后学),在如此丰富的诗歌园林里无论怎样攀折,都轮不到这朵小花吧?

但其他委员之所以同意我,想来也是惊讶疼惜作者的幼慧吧?最近这本书正式出版,我把自己为小孩写的这首诗的赏析录在此处,聊以表示我对一个女子在妻职母职中逝去的天才的哀婉和敬意。

大殿上,武则天女皇帝面向南方而坐,她的衣服华丽,如同垂天的云霞,她的眉眼轻扬,威风凛凛。

远远有个小女孩走进大殿上,她很小,才七岁,大概事先有人教过她,她现在正规规矩矩低着头,小心地往前走去。比起京城一带的小孩,她的皮肤显得黑多了,而且黑里透红,光泽如绸缎,又好像刚游完泳,才从水里爬上来似的。

女皇帝脸上露出微笑,她想:这个可爱的、来自广东的南方小孩,我倒要来试试她。中国土地这么大,江山如此美丽,每一个遥远的角落里,都可能产生了不起的天才。

"听说你是个小天才呢! 那么,吟一首诗,你会不会? 我来给你出个题目——‘送兄’，好不好？”

女孩立刻用清楚甜脆的声音吟出她的诗来：

送　兄

别路云初起，

离亭叶正飞。

所嗟人异雁，

不作一行归。

翻成白话就是这样：

哥哥啊

这就是我们要分手的大路了

云彩飞起

路边有供旅人休息送别的凉亭

亭外，是秋叶在飘坠

而我最悲伤叹息的就是

人，为什么不能像天上的大雁呢

大雁哥哥和大雁妹妹总是排得整整齐齐

一同飞回家去的啊

女皇帝一时有点呆住了，在那么遥远的南方，也有这样出口成章的小小才女，真是难得啊！于是她把小女孩叫到身边来，轻轻握住小女孩的手，仔细看小女孩天真却充满智慧才思的眼睛，她仿佛看到一个活泼的、向前的而又光华灿烂的盛唐时代即将来临。

六 桥
——苏东坡写得最长最美的一句诗

　　这天清晨，我推窗望去，向往已久的苏堤和六桥，与我遥遥相对。我穆然静坐，不敢喧哗，心中慢慢地把人类和水的因缘回想一遍。

　　大地，一定曾经是一项奇迹，因为它是大海里面浮凸出来的一块干地。如果没有这块干地，对鲨鱼当然没有影响，海豚，大概也不表反对，可是我们人类就完了，我们总不能一直游泳而不上岸吧！

　　岸，对我们是重要的，我们需要一个岸，而且，还希望这个岸就在我们一回头就可以踏上去的地方（所谓"回头是岸"嘛）！我们是陆地生物，这一点，好像已经注定了。

　　但上了岸，踏上了大地，人类必然又会有新的不满足。大地很深厚沉稳，而且像海洋一样丰富。她供应的物质源源不绝。你可以欣赏她的春华秋实，她的横岭侧峰，但人类不可能忘情于水，从胎儿时代就四面包围着我们的水。水，一旦离开我们而去，日子就会变得很陌生、很干瘪。

在古代中国，想要看到海，对大多数的人而言，并不容易。中国人主动去亲近的水是河水、江水、湖水。尤其是湖，它差不多是小规模的海洋。中国人动不动就把湖叫成海，像洱海、青海。犹太人也如此，他们的加利利海分明只是湖。

有了湖，极好——但人类还是不满足。人类是矛盾的，他本来只需要大水中有一块可以落脚的陆地，等有了陆地，他又希望陆地中有一块小水名叫湖。有了这块小水湖，他更希望有一块小陆地，悄悄插入湖中，可以容他走进那片小水域里——那是什么？那是堤。

如果要给"堤"设一个谜语供小孩猜，那便该是：

水中有土，土中有水，水中又有土。

苏堤、白堤便是经两位大诗人督修而成的"诗意工程"。诗人，本是负责刺探人类心灵活动的情报员。他知道人类内心的隐情密意。他知道人类既需要大地的丰饶稳定，也需要海洋的激情浪漫。于是白居易挖了湖又筑了堤（农人因而得灌溉之利，常人却收取柳雨荷风），后来苏东坡又补一堤。有名的白堤、苏堤就是指这两条带状的大地。

更有意思的是，有了长堤以后，有人更希望这小土地上仍能有点水意。于是，苏堤中间设了六道桥，这六道桥的名字分别是映波、锁澜、望山、压堤、东浦、跨虹。桥有点拱背，中间一个圆洞，船只因而可以穿堤而过。如果再为"六桥"设一道谜题，那也容易，不妨写成下面这种笨笨的句子：

水中有土，土中有水，水中又有土，土中又有水。

这天早晨，我呆呆地望着这全长2.8千米的苏堤。由于拥有六座桥，刚好把苏堤分成七个段落，算来恰如一句七言。啊！那一定是苏东坡写得最长最大的一句七言了，最有气魄而且美丽。

苏堤因为是无中生有的一块新地（浚湖而得的最高贵华艳的废土），所以不作经济利益的打算，只用来种桃花和杨柳。明代袁宏道形容此地，说"六桥杨柳一络，牵风引浪，萧疏可爱"。苏轼的诗也说："六桥横绝天汉上。"如果你随便抓一个中国人来，叫他形容天堂，大概他讲来讲去也跳不出"六桥烟柳"或"苏堤春晓"的景致。六桥，大概已是中国人梦境的总依归了。

我自己最喜欢的和六桥有关的句子出自元人散曲：

贵何如，贱何如？六桥都是经行处。

（作者刘致）

对呀，在春暖花开的时候，难不成因为他是 × 主席或 × 部长，就可以用八只眼睛来看波光的激沧吗？不，在面对桃红柳绿的时刻，我们都只能虔诚地用两腿走过风景，用两眼膜拜，用一颗心来贮存，如此而已。

绝美的六桥，是大家都可以平等经行的，恰如神圣的智慧，无人不可收录在心。眼望着苏东坡生平所写下的最长最美的一句诗，我心里的喜悦平静也无限华美悠长。

等待春天的八十一道笔画

朋友从远方寄来一张照片，中间假手一个女孩，女孩转交我时，说：

"我不知道这寄来的是什么玩意儿，只觉得是个蛮好的东西，很有意思，它到底是什么呢？"

这件事，说来话长——

那位朋友住北京，一度入故宫做事，看到了宫中一张"消寒图"，便把它照了下来，他现在送我的，便是这消寒图的照片。

消寒图正式的名字叫"九九消寒图"。少年时读张爱玲的《秧歌》，内有一段写男主角金根在暴政的压力下想去典当棉被做赌本，一旦赢了，便能苟活下去。女主角月香抵死不肯，两人扯拉棉被，月香叫了一句：

"这数九寒天……"

数九寒天是什么意思？在台湾长大的我完全不能体会。

长大以后懂得去查书了，知道从冬至日算起，叫"入九"，待九九八十一天以后"出九"，便算是春日了。

我初逢那北京的朋友便是在去年的数九寒天。我把所有的冬衣一股脑儿全裹在身上，圆滚滚的像是又恢复了童年，像是随时可以把自己当一枚大雪球来滚。

"一九二九不出手，"他念北京人的歌谣给我听。

"三九四九冰（或作凌）上走，"

咦？蛮好听的嘛！

"五九六九沿河看柳，"

"七九河开，"

我听呆了。

"八九雁来，"

哇！大雁回头了！

"九九杨落地。"

我的一颗悬着的心也安然落了地。

听他念着如歌的行板，我的心里急急地跟着念。不仅因为歌谣的好听韵律，而是因为他慎重恭谨的记忆。北京就是北京，不管你是大清朝廷或是北洋政府，不管你是国民党还是共产党，数九寒天总是不变的歌谣，大可以一代复一代地传唱下去。

对那一代一代的人来说，岁月是如此诚正可信、童叟无欺，虽然一九二九天已冷得伸不出手来，虽然三九四九河水都冻实了，人在冰上行走。但一到五九六九，柳树的青眼便蒙然欲睁。最动人的是，一数到七九，宇宙的呼吸便骤然加快，七九和八九不是一起念的，因为节奏太快，七九必须单独一句，八九和九九也是单独另外一句。啊，七九河开；啊，河开之际，大约略如蜿蜒的巨龙在翻身欠腰、骨节舒张，格格作响，一时如千枚水雷乍爆；啊，"七九河开"后面如果有标点符号，应该便是惊叹号"！"。八九雁来也极为动人，仿佛那群大雁是听到大河解冻才赶来试试它们那善于拨水的红桨似的。终于，九九到了，九九杨落地，杨花飘棉，是张先词中"中庭月色正清明，无数杨花过无影"的透明游戏，世上竟有在月下观之透明而失去色相的花，这花看来像幽灵，令人疑真疑幻。九九杨落地，那长长一冬提着的心、吊着的胆也都放了下来，从此，便是春天了。

话说那些宫中的女子，平日就已类似囚徒，此时又被严冬禁锢，不免变成双重犯人。身为犯人唯一的出路大概便是苦中作乐吧？

据说北欧地面虽然物阜民丰，但冬日过长，日照不足，居民纷纷害上沮丧症，忍不住想去自杀。近年来有医生发明大型日光屏幕，患者只需每天对着人造日光，面壁而坐，自能恢复求生欲。此事听来令人称奇，这北欧人不但太容易得想死的病，而且真太容易痊愈。《帝京景物略》（明人刘侗、于奕正合撰）曾记录一段美丽的"解决寒冷的方案"。其办法如下：

"冬至日，画素梅一枝，为瓣八十有一，日染一瓣，瓣尽而九九出则春深矣。曰，九九消寒图。"

《清稗类钞》上有另外一个方法，和前面的记载相比较，前面那则是"画"法，清宫中另有一种"写"法。那办法是这样的，据说清宣宗御制了一个句子：

"亭前垂柳，珍重待春风。"

如果以诗词意境讨论它，这句子顶多只能得个中上，绝对不是什么上上佳句。但如果仔细探究，原来句中每个字都是九笔构成的，光是这一点，也就不容易了。

说来丢脸，有一天，我一时

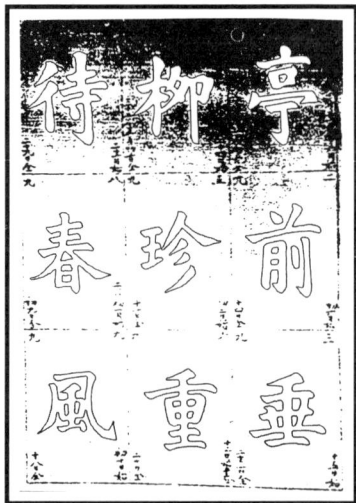

九九消寒图

兴起，想想，这有何难，我也来写它一句九字诗，每个字也都九笔，不料居然凑来凑去就是凑不稳当。每想出一个好句子，句子里便有八画或十画的字出现，后来勉强写出一句"幽红映流泉，奔眉赴面"，回头一看，还是比不上清宣宗的那句简朴大方。不得已，只好饶了自己。

这样一幅字，用"双钩"的方法写成（所谓双钩，就是把字的轮廓沿边勾画出来，中间留白），贴在墙上，宫中女子，每过一天，便用黑墨填它一笔。每个字填九天，九个字填九九八十一天。八十一天填满后便是春天。

根据书上的记录，这工作是由"南书房翰林"做的，做的时候要在每一笔旁边标明阴晴风雨，但我那位北京朋友却说是小太监、小宫女涂的。我想想，觉得两说皆可采信，这种消寒图人人皆可挂一幅，翰林虽是有学问的贤者，但在一天天等待消磨苦寒岁月的这件事上，他的焦虑和期待，与小宫女小太监还不是一模一样毫无分别。

我问我自己，究竟爱明朝人染花瓣的方法，还是爱清朝人描双钩字的方法？啊！如果可能，我两种消寒图都要。前者备些胭脂，淡淡地染它九九八十一瓣蜡梅。冬雪照窗之际，那漫天的雪大概也搞不清这株梅是土里长的还是纸上开的吧。至于那九个字，一笔笔端稳秾丽、隐含风雷，每天早晨浓浓地涂它一点或一横，一竖或一钩，久而久之，饱笔酣墨，就这样一撇一捺间，也就给我偷填出一天春色来了。诗句上方有"管城春色（或作满）"四字，"管"是指毛笔的竹竿，"管城"便是毛笔所统辖的领域。原来春天是用一支笔迎来的，不管世界多冷，运笔的动作竟能酝酿春色。

我想，用这个方法治疗"严冬沮丧症"应该比日光灯疗法好玩多了。

看在这一点上，我改变看法，承认"亭前垂柳，珍重待春风"是一句好得不能再好的诗，不是因为诗好，是人和诗之间的心情好。

这诗虽说是宣宗御制的，但每个填写它的宫女，从第一个字"亭"的第一笔那个"、"开始，一笔笔填写下去，到后来难免觉得整句诗都是自己完成的。

看起来，不论是皇帝、是宫女，还是现时代在人海沉浮的你我，不都像亭前的那株枯索无聊的垂柳吗？等待一则春风的传奇来度脱我们僵老的肢体使之舒柔，将我们黯败的面目更新使之焕灿。春风在哪里？春风是什么？我们并不了然。去年来过的春风今年还会不会来？我们并无把握。但"珍重等待"，却是我们最后的权利。

使心情为之美丽，使目光为之热烈的，其实，只是等待啊！

《易经》六十四卦，最后一卦是"未济"，未济是未完成的意思，因为尚未完成，我们便有所为也有所待，我们在等待中参与宇宙的酝酿发酵和澄定完成。《圣经》最后一章最后一句也是等待，对全新的历史的第二章的等待。

我渐渐相信等待是幸福的同义词，女子"待嫁"或作曲家手上有一支曲子"待完成"，或怀中有个孩子"待长大"，这些人，都是福人，虽然他们自己未必知道。

如果不曾长途渴耗，则水只是水，但旱漠归来，则一碗凉水顿成琼浆。如果不曾挨饿，则饭只是饭，但饥火中烧却令人把白饭当作御膳享受。

生命原无幸与不幸，无非各人去填满各人那一瓣瓣梅花的颜色，各人去充实那一直一横空白待填的笔触。

故事里可怜的孙悟空，跟在唐三藏后面横渡大漠，西天路上有九九八十一度劫难。而我们凡人，我们凡人要在春回大地之前与那九九八十一次酷寒斡旋。

不知道到哪里可以找到一张"人生消寒图"，可以把生命里的每一片萧索都染成柔红的花瓣，将每一笔空白都填成跃然的飞龙。

有些女孩，吟了不该吟的诗

太过分了，这些女孩。

身为女人，居然还大刺刺地拥有才华。拥有才华倒也罢了，如果拥有的是刺绣或烹饪的本领，那还勉强说得过去。但她们居然爱吟诗且又能吟诗，这，不太过分了吗？（套句时下流行的"烂语"，也就是"太超过"了。）

其中第一个女孩名叫李冶，生在唐代。在唐代，因为出了个靠上床取得政权的女皇帝，后来遂有人误以为这个时代的女权还不算低落。像清朝李汝珍写的《镜花缘》小说，就选择把天上的百花仙子贬落到大唐盛世的太平岁月里去。但，真相真的如此吗？

书上记载：

> 季兰（李冶字季兰）五六岁时，其父抱于庭，令咏蔷薇。

蔷薇似玫瑰而小，会攀爬，小女孩应口说：

经时未架却，心绪乱纵横。

不得了，这下父亲变了脸，原本的爱宠消失了，小女孩立刻遭到鄙夷。

父恚曰："必失行妇也。"后竟如其言。

李冶的诗在唐代少数女诗人中算是好的，却只因一句诗，被父亲预言为坏女人，真是情何以堪。那两句诗我姑译如下：

只因这阵子疏懒，没有好好去为花朵搭个架子，众蔷薇竟泛滥成灾，纵横满园，恰似我纷乱难整的心事。

乖女孩怎么可以告诉别人自己内心的失序和不宁！难怪李爸爸发怒了。

另外有位薛郧也是唐朝人，他的女儿薛涛八九岁了，也颇知声律。有一天，做父亲的以"井畔梧桐"为题说了两句"庭除一古桐，耸干入云中"，不料薛涛接的句子是："枝迎南北鸟，叶送往来风。"

书上所记的是"父愀然久之，后，果入乐籍"。

如果有个小男孩，吟出这样的句子，想来做父母的会说："你听，你听，这孩子性格活泼，想来以后可以做'外交部部长'哦！"

但薛涛是女孩，好女孩不应该跟人说她隐秘的私愿，如果说了，她未来的命运便是堕入风尘。

明代江苏常熟的季贞一（嘿，多正经的好女人的名字），也有这样的故事：

其父老儒也，抱置膝上，令咏烛诗，应声曰："泪滴非因痛，花开岂为春。"其父推堕地，曰："非良女子也。"后果以放诞致死。

这小女孩犯下什么忌讳吗？她的诗，我为她意译如下：

小蜡烛啊
你的烛泪就这样一行行
一行行地滴滴坠
坠滴滴
不是因为皮肉之灼痛
而是另有其哀愁啊
正如春日花开了
但花岂为春日而开
它自有它自己非开花不可的自行自是的
自己的理由啊

这样的诗，有什么理由不准小女孩写呢？而痛责她们的，竟是她们仰之事之的父亲啊！虽说是几百年前乃至千余年前的老故事了，不知为什么我读来总觉得熟稔切近，仿佛事在眼前。

昨夜？枝开

宋代魏庆之的《诗人玉屑》中记载一则故事如下：

> 郑谷在袁州，齐己携诗诣之。有《早梅》诗云："前村深雪里，昨夜数枝开。"谷曰："数枝，非早也。未若一枝。"齐己不觉下拜。自是士林以谷为"一字师"。

齐己和郑谷并是中唐诗人，留下的诗作皆不少，齐己且是僧人（还入了《高僧传》），算是诗僧。诗僧和一般诗人不同，他们在看破红尘之余好像还有那么一点看不破的留恋。而偏是那点看不破的留恋，令我们疼惜。当时齐己带着自己的诗作去看郑谷，想来那诗是他的得意之作。附带说一下，袁州因袁山而得名，此州在江西省西部，即今宜春和萍乡一带，萍乡因产煤，光绪年间遂有汉冶萍公司，算是出了一点名。江西省至今仍是穷地方，但江西人很厉害，一部分的客家人来自江西，且江西的茶叶、瓷器和文学产业都了不起，黄山谷、欧阳修、汤显祖都是此地人。话说那一日虽是初见，两人早已互重，而因为互重，郑谷在欣赏之余便说了真话：

"'昨夜数枝开'不妨改作'昨夜一枝开'啊！"

一语惊醒梦中人，原来诗之陈设亦如画之构图，娉婷一枝来入眼，远比三四枝更能聚焦。许多事情并不倚多为胜，能芟除才有突显，有割舍始见真章。深深雪原上，一枝清癯寒梅怯怯探首，香息却已惊心动魄，这方是早梅的真精神啊！

在周紫芝的《竹坡诗话》卷三也有故事如下：

> 宋曾吉父《送汪内相赴临川诗》有"白玉堂中曾草诏，水晶宫里近题诗"。韩子苍（韩驹）改"中"为"深"、改"里"为"冷"，吉父闻之以子苍为一字师。

"中"和"里"都是介系词，本是个老老实实的字眼，没有什么不对之处。但在寸土必争的古诗王国里，我们却很期望每个字身兼数职。绝句和律诗本身都是那么短小的体制，怎容得浪费？"白玉堂'深'"所以比较好，只因它虽是形容词，却也包括了"中"。至于"水晶宫'冷'"，当然也包括了"里"。这种改诗手法，近乎经济学法则。

但是，芟砍一定就是好事吗？也未见得。曾听长辈叙一事，谓滕王阁附近，常有鬼物长夜诵吟，吟的句子是：

> 落霞与孤鹜齐飞，
> 秋水共长天一色。

这鬼是谁？似乎是王勃，他吟句做什么？据说理由是挑战，挑战什么？原来他自认为当年的句子写得极好，谁有本事不妨来改我一字。由于"耀'文'扬威"多年，并无一人敢应战，他也就夜夜扰人，让大家不胜其烦。终于有个人忍不住了，望空大骂一句，居然那鬼从此噤若寒蝉，不则一声。

那人骂的是什么？他说：

"你那算什么好句子？明明六个字可以说得的，你却用了七个字，你听，'落霞孤鹜齐飞，秋水长天一色。'不也一样好吗？六个字就够了呀！"

那鬼看来，想必不是王勃本人，因为他居然被这么一句话就给吓退了，真是个笨鬼。假如只需删字，句子就会变好，哪还需要字斟句酌的种种用心呢？"与""共"这种连接词虽是小事，中文词汇也常省去，例如，我们用"夫妻"，不像英文习用"夫和妻"，我们说"灵欲"，不像英文说"灵魂和肉体"，但如管夫人的那句：

"我与你，生同一个衾，死同一个椁。"

若改成：

"你我生则同衾，死则同椁。"

味道就差得多了，因为说成"我与你"，则仿佛见一天平，两边各立一人，彼此旗鼓相当，气势相埒，管道升其人自有古代淹雅女子的自尊自重。把"与"字去掉，则仿佛做拉面时把高筋面粉换成了低筋面粉，面型虽在，而吃在嘴里却劲道全无，可不慎哉！

落霞孤鹜、秋水长天，这种组合入画尚可，但文学之为物，总该能表一表千里长霞和一只孤鹜间的相依相存和相类相求的关系。霞本不飞，受了孤鹜的感召竟也振翮相从，这叫落霞与孤鹜齐飞。秋水长天本来虽也肤肌相近，但直到王勃说破，它俩才正式叙了亲，认了宗，归入同一谱系，这叫秋水共长天一色。

这样的句子，其实是删改不得的。

我所遇见的崑曲

崑山崑曲

在台湾，崑曲叫崑曲；但在大陆，崑曲叫"昆曲"。相差也许不多，不过是，不过是，差了整整一座山。但我喜欢有山的崑。

崑曲之所以叫崑曲，是因为江苏有个崑山，崑山出了个了不起的音乐家名叫魏良辅。魏良辅为好些传奇剧定了谱，魏氏之后大家便以崑山的地名来为这种调子定名。这些，都是明朝的事了。

崑山地近苏州和上海，这地方如今是大大出名了。不是因崑曲出名，而是因为有千万台商云集在该地。崑山成了台商的大本营，几乎有点像当年的上海租界。但古代的崑山以什么出名呢？晋代的文学家陆机、陆云便住在这里。有人以为这两位兄弟如人中美玉，而西方崑崙山以出产美玉闻名，这地方既有才人如美玉，不妨也叫崑山。

我则认为这地方根本就出美石（如今可采的美石已越来越少了）。

很可能因此也就叫了崑山。反正真正的崑仑山在很远很远以外的地方，而且那座崑仑山一半坐落在西域，一半则坐落在渺渺的神话里。所以在江南，有必要复制半座崑仑山，而它的名字就叫崑山。

崑山另外在明末清初出过名人朱伯庐，朱伯庐的"治家格言"至今还挂在许多家庭里。

当年崑山的唱法叫崑曲也叫崑腔，有了这个柔靡顽艳的唱腔，弋阳腔、海盐腔和余姚腔就渐渐没得混了。

在《红楼梦》这部小说里，贾家由于是豪门，所以自己养着戏班子，碰到喜事就可以自家凑成一个场面。当时宝玉的大姐贾元妃回门，就曾大大热闹了一番，但在诸多戏码中，看得出来像宝玉和黛玉显然还是偏爱崑腔的幽婉蕴藉。

崑腔有个绰号叫"水磨调"，其中的"磨劲"，大概也就可想而知。

深巷人家——陆府曲会

我自己大约在一九六一年接触到崑曲，地点是在和平东路老电力公司后面的巷子里。那里有一家姓陆的人家。

当时我还在读中文系，从书本中知道有崑曲这么一个名词。不料它竟然还活着，还有谱子可识，还有板眼可按，还真能唱，对我而言，这真是怪事。

当时教我词曲的老师有两位，一位是台大的张清徽（敬）老师，她是我大学老师中唯一一位女教授，我当然对她印象深刻。另一位是汪薇史（经昌）老师，奇怪的是他在我们系上开的是社会学的课，我因替他抄稿而熟稔起来，才知道他是词学大师吴瞿安（梅）的弟子，是词曲方面的泰斗。汪老师没有子女，出入他家中的常是我们这批赖皮的学生，当时常去的还有师大的赖桥本和陈安娜，前者后来成了师大的教授，后者则在纽约弘扬曲艺，陈安娜有一副好嗓子，令人羡煞。

而张老师和汪老师都常去参加陆府的曲会，陆府曲会照例是在礼拜天下午举行，每两周一次。曲会中常去的人还有蒋复璁、成舍我、王洸、焦承允，其中有位具有爱新觉罗血统的毓子山，嗓音劲亮，唱起《疯僧扫秦》，真是令人热耳酸心。教人意想不到的是慰堂先生（蒋复璁）居然唱小旦，侧媚处令人莞尔。

当时为大家按笛的是师大的夏焕新教授（但他并不是文学院的教授），那时候陆府的雅集可以说是"一群外省人的乡愁讴歌"。为了方便，他们在一九五九年、一九六〇年分别印了两册《蓬瀛曲集》，有趣的是目录页上还注明：

> 夜奔，用的是"大章班"脚本
> 走雨，用的是"鸣盛班"脚本
> ……

而其余用"老全福"及"小全福"脚本。

这书整辑过程中有人出钱有人出力，其中有位老先生当时大约六十岁了，叫郁元英，特别热心。他对汪经昌老师恭敬地执弟子之礼（其实他的年龄长于汪老师），什么杂事都一手包办，令我印象深刻。

然后我知道主人叫陆永明，任职台电，而郁元英老先生是他的岳父。陆家有个女儿，读小学，居然就画起国画来，还开展览（许多年后才发觉这小女孩长大了，变成陆蓉之教授），陆家日式老屋的长廊上挂满了小女孩的画。

"这位郁老先生真是个奇人，他一生都不撒谎的噢！"有个曲友跟我说，"你知道吗？有一次，某位朋友邀他，他因为不喜欢那人，便推说自己有事，要出城赴某处。结果，到了那一天，他为了保持自己终生不撒谎的纪录，就真的出城去赴某处了，而且，那天还下着大雨呢！"

我当时年轻，听了那话，暗自佩服，我想，以后我也要说真话，要让自己句句话算话。

许多年以后，我又发现，原来有位爱说真话——例如，直指老李（李登辉）有密使的郁慕明委员，就是郁元英的儿子。

大家到了曲会，或由于别人起哄，或由于自告奋勇，大概都会唱上几句，其进行的方式现在想来有点像卡拉OK。

曲会似乎有极大的凝聚力，老报人成舍我先生即使在丧偶的悲怆中也仍然前来，大家安慰他，他叹气说：

"唉，我常说，夫妻，谁先走，就是那个有福气的啊！"

成先生为人艰苦卓绝，为了办学，他是学界中出名的"小气鬼"，可是世新大学却因而奠定了基础。张清徽老师有一次转述成校长的故事，说：

"有一次，成校长经过馆前路，那时馆前路的违建还没有拆，沿街店家都在拉客人进去吃锅贴，锅贴刚出锅，油滋滋地响，喷香喷香的，成校长忍着饿，吞着口水不敢看，就快步走开了。"

成校长唱曲有些令人绝倒，有几次，我发现他起的音和笛子不同，但他居然一路唱了下去，当然，笛子也一路吹了下去，就这样各走各路，也能相安无事地把一曲唱完。

崑曲虽然是吴音，但崑曲中的北曲苍凉衰飒，也自足动人，像林冲夜奔，每次听，都觉得被撞到心疼乃至心慌。生命渺短，命运叵测，昔日的八十万禁军教头，如今在暗夜中亡命天涯……

与其说我去曲会中学唱曲，不如说，我去曲会中听曲，并且看一个一个的先贤。

曲会中的陆太太，也就是陆蓉之的妈妈，当年是一个安静能干的上海式太太。（所谓"上海式"是什么？我也不十分说得上来，大约是肤白、富态、大方、得体，做起事来举重若轻。）当时曲过三巡，我就会暗暗期待，期待陆太太端出陆府的点心出来。点心也不是什么大不了的美味，却都很精致。譬如说，他们家的麻糍是沾黄豆粉的（而不是花生粉），别有一种难忘的香味。有时是汤圆，又有一次因为刚过完年，吃的是宁式炒年糕，座中有人念了一句：

"吃水磨年糕唱水磨调——谁能对下联？"

大家笑着，没有人去认真作对子。点心是多么好吃呀！

偶然没去，就有位张姓女士会写明信片来关切来催驾，我事隔多年才猛然悟出她其实就是沈从文的大姨子张元和。可惜我那时十分畏她，皆因我为事忙，常常缺席，也就常常收到她的"催促信"，我尽量躲着她，只为怕她一句："怎么好久都没来呀？"她说得温婉，我却惭愧得要命。

我当年当然只是曲会里的边缘小朋友，而当时尚为小学生的陆蓉之教授以及她满地爬的小弟，当然更边缘，但坐在那里，捧着本子，一句句听着，我仿佛真看懂了什么，汲取了什么。

生命散戏的时候

汪老师去世了，在香港。

七年前，张清徽老师也走了，灵堂里放着昆曲，我缩在墙角哭，不是哭死亡，而是哭一个才慧女子坎坷而不甘的一生。老师其实也不是真的多命苦，但总觉她是有所不足的。似乎尚有梦，却不曾完，有愿却不曾还，有委屈尚未道尽，有怆痛尚未明说……虽然，她的豁达和幽默可算是一袭战袍，但创痕却还是有的。

崑曲的水磨调在空气中悠悠磨着，灵车待发，她的长子手捧遗照向来客深躬，而眉宇间尚有老师当年的善嘲和慧黠。

"袅晴丝，吹来闲庭院……"

一春花事烂漫，美丽的女子在花间寻梦。

"遍春山，开满了杜鹃……"

我从来没有在丧礼中听过崑曲，却又觉得这其间有某种诡异的吻合，大概因为死亡和音乐都是凄绝艳绝的吧？

上了联合国的榜

二十世纪末，联合国文教单位统计全世界重要的人类文化遗产，崑曲名列第一。

我其实并不为这则消息雀跃，崑曲本来就是华艳灿烂、不可方物的。被人家列名在品评表格上，反让我怅然。仿佛你深爱的美人，忽然当选了"世界小姐"，而你却并不相信别人真的认识她的美。

跟崑曲有关的小说和电影

二十世纪后半纪，我所接触的有三个好作品和崑曲有关，一个是白先勇的《游园惊梦》小说，二是陈凯歌的电影《霸王别姬》，第三是庄因的《林冲夜奔》小说。

白先勇的故事把宋代的杜丽娘和台北的钱夫人绑在一起，成就了故事的繁复和厚实。否则的话，钱夫人就只剩下一场出轨的床戏，那，又有什么好看呢？

《霸王别姬》虽是平剧戏班子的故事，但早期戏班子都必须从学崑曲入手。所以小张国荣才会学唱那出"思凡"，这本是出极精彩的戏，但因小戏子偏偏卡在一句"我是女娇娥，又不是男儿郎"上，他因老是唱反，所以被师兄捣得满口血。成年的张国荣在唱平剧的生涯里，仍然常常和崑曲交会。

庄因的小说是当年流行的留学生文学，但套在《林冲夜奔》的故事里，则有其说不尽的沧桑。

而且白、庄两位作者的身份也略等同于王谢子弟，作品中有了崑曲，就仿佛蛋糕中掺了酒，立刻呈现某种贵族气息。

我思徐露

台湾没有专业的崑曲演员，只有平剧演员而兼演崑曲的，其中最优秀的我认为是徐露。

徐露是在非常特殊的机缘下接受了许多老师的共同栽培而养成的大材，她的格局因而不同于一般艺人。她的唱腔，她的身段，她的扮相，她对戏剧内容的深入了解，就海峡两岸来说，都是一流的。更难得的是，她是雍容而优游的，你看不见她在舞台上有剑拔弩张的紧张样子。

但不幸的是她的舞台生命太短，短到十分对不住那些把众家绝活教给她一人的老师们。她的第一次婚姻因为不如意，而影响了她的舞台生涯，这当然值得谅解。奇怪的是，她的第二次婚姻因为太好，所以，也影响了她的舞台生涯。既然夫婿是那么可敬而又深情的人，怎能不舍身图报呢？况且夫婿又生了重病。

寡居之后的徐露热心传教，传教当然也是好事，我就听过一位美丽的女明星亲口告诉我，她某日正感人生茫茫，想把颈脖套进绳圈之际，忽有人按铃，她去开门，原来是徐露来访，她正在挨家挨户地传布福音，女星躲过了那一劫，现今仍健在。这都是徐露之功。

但我仍怀念舞台上的徐露，但愿她至少要好好去传几个弟子！

至于业余的票友，早期的台大的宋丹昂和后期的陈彬都是了不起的人才。男性票友中的田士林演"思凡"和"下山"也如广陵绝响，令人怀念。

惊识俞振飞

我个人看此戏，则在一九八三年，那时崑曲泰斗俞振飞带团赴香港演出，我当时因为正在浸会大学任客座，所以每晚都去聆听。

俞振飞当时已经八十多了，却仍抖擞精神演出，在台上，他依然是李白，而且是醉酒的李白。

当时戏剧家杨世彭在香港任剧团导演（香港有官方支持的现代剧团），也是日日必到的。他大概是世上首次把莎剧用粤语演出来的导演，他自己本身却是娴熟旧戏的，记得有一天他刚好坐在我右侧，于是十分热心地为我说戏：

"这里，这里，他下一个动作很精彩，一个卧鱼，从凳子下面钻出来。"（卧鱼是个难动作，演员身体向后倾，与地面贴近，拉成平行状态。）

不料，那动作却没有出现。当然，那动作不是俞先生的动作，是另一个小生的。杨博士颇为扼腕。但我对俞先生和整个剧团的表现却已经十分惊艳了。

俞先生其实在一九四九年左右到过台湾，但看不到崑曲发展的可能，就跑回去了，回想起来真可惜。

俞先生的演出台上好看，台下也很好看，似乎全香港的上海人全跑到戏院来了，张爱玲曾说上海人比香港人白些胖些，大致是不错的。上海人和上海话对我是一则永恒的谜题，令我兴味无限。

俞振飞先生戏演完后曾应邀往中文大学作一场演讲，主持的人是饶宗颐教授，事先说好，听众只准听，不准发问。

俞振飞离了舞台，站在台上，令人有点失望，他嘴巴微张，傻愣愣地站在那里。

然后，他掏掏摸摸终于掏出眼镜。奇怪的是待他把眼镜一戴上，立刻精神便来了，然后，不知为什么，他大笑了几声，然后言归正传，下面是我摘要的片段：

> 崑曲，我六岁就会唱了。
>
> 我父亲在五十六岁才有我这个儿子，可是我母亲死得早，那真是"小孩没娘，说来话长"。我父亲极爱我，就自己来带我这么个三岁孩子，他走到哪里我就跟到哪里。我白天还好，晚上就想起娘来，这时我父亲就唱"红绣鞋"（"红绣鞋"是曲牌名，属小工调，即C调，俞父唱"红绣鞋"属于"三醉"那出戏，而"三醉"又是《邯郸记》里的一出，《邯郸记》和《牡丹亭》同为汤显祖的作品）哄我睡，我夜夜听，夜夜听，一听听了三年，我自己不知道我已会唱"红绣鞋"了，我父亲当然也不知道。
>
> 有一天，我父亲教某人唱这一段，那人老唱不对。我父亲那人是个没脾气的人，唯独一样，如果唱戏唱不对他就要骂。
>
> 我那时刚好从院子里走进房来，看到父亲生气，我就说，我

会唱，我来试试。父亲说，我又没教你，你哪会，我就唱了，父亲吓一跳，原来我已经会唱崑曲了。

我十九岁离开苏州去上海，临走的时候父亲对我说，你到上海，看到有爱好崑曲的人，要注意一下，因为，眼看着崑曲就要绝了，因为那时候很多好角都在吸鸦片。

我到了上海，有人帮我办一次演出，一百元一张票，我唱了三天，演完剩下三千元，我们就用这三千元办一个崑曲研习所……

（老天，那时，在鲁迅小说里，一碗好鱼翅也只要一元，而俞振飞的票居然可以卖到一百元。）

对了，川戏也有好东西，我十岁以前常看川戏，我说过，我没了母亲，成天跟着父亲，父亲到哪里我就跟到哪里，父亲看川戏，我也跟着看。一般人不太看得起川戏，但你如果看名角演川戏，不得了，真有好东西，而且还有老崑曲的东西。为什么川戏有崑曲的老东西呢？是这样的，清朝有个官，皇帝派他去四川做总督，他不肯赴任，因为走水路常翻船，会死人的。后来他就开出两个条件：第一，要带个崑曲班子去；第二，要赏他个好厨子……

（俞老的说法很稀奇，我以前没听过，也不知道他的资料是哪里来的。）

都说魏良辅是崑山人，其实不是，他是住在崑山罢了，他的朋友梁辰鱼才真是崑山人。这梁辰鱼为了《浣纱记》十年不下楼，一板三眼的按桌面，把桌面都按成凹洞了。

（让我跳出来解释一下，一板三眼是一种常见的节拍，等于4/4的拍子，打的方法是把食指、中指、无名指并拢齐下，算是第一拍，属于强拍，然后敲食指尖，谓第二拍，敲中指，是第三拍，无名指则是第四拍。）

俞老的演讲后来戛然而止，因为华氏夫人跑上台去，说，老人家不宜太累，大家也就放过他了。

我目送他离去，万分不舍，因为知道，他不会再出来了，也不会再登台了，此刻就是我和一代艺人诀别的时刻了。几年后，果然听到他的死讯，不知为什么，想起他，倒不是想起一代艺人的舞台风华，反而恻恻想起那个没了娘、听父亲唱"红绣鞋"而入睡的三岁小孩。那时候，他不知道自己已经会唱崑曲，而他的父亲也还不知道……只有"度脱剧"里吕洞宾的"道情"悠悠如梦：

趁江乡落霞孤鹜

弄潇湘云影苍梧

残暮雨响菰蒲

……

烟水捕鱼图

把世人心闲看取

……

后　记

一、崑曲《长生殿》要在台北演出了，崑曲这种艺术长期演化下来，如果用西洋文化来作比，可谓略等于书斋剧。或说，等于"剧诗"（而不是"诗剧"），但此次《长生殿》是用诗剧的方法演出的，所以连演它三夜，这不得不说是一件盛事。于是我把自己生平和崑曲错肩的故事记一记，世上有崑曲，真的是很好的一件事。

二、台北当时还有另外一个曲会，其精神领袖是徐炎之老师和师母（他们是中广播音员徐谦的父母）。可惜两个曲会间没什么交集，甚至不相往还，其原因似乎是两边的徐炎之先生和夏焕新先生不和，但为什么不和，却又没有人能说清楚，晚辈如我，当然搞不懂，大抵艺术家常有他们自己奇特的脾性吧！

大体言之，陆府的曲会重在清唱，徐炎之老师和师母却时有舞台演出。徐炎之老师常常免费赴各大专崑曲社团做义务导师，像陈彬、朱惠良、应平书都算他的高足。

第五辑

爱我少一点，我请求你

凡夫俗子的人生第一要务便是：活着

一九七〇年，那一年，我记得很清楚，我是个"伟人"——我是指肚子部分。

那年四月，我怀了孩子，这个孩子，今年六月自台大外文系毕业。我想，我该比那些"傻不拉叽"的小学生更有资格说一句"光阴似箭，日月如梭"吧？

那一年，二月里，我曾夭折一个女儿，才六十天大的小儿，我非常痛，不肯接受任何安慰。

我平生顺遂，如有悲痛，也多是为一些堪称"伟大"的理由，例如，国家民族之类。只有这一次，我是为自己恸哭，生命原来如此脆薄不堪一击，我当时未满三十，第一次了解什么叫生、老、病、死，走在殡仪馆的长廊上，我送小孩的尸体去冰冻室，深夜里，我哀泣不止，殡仪馆的老工人走来安慰我道：

"太太啊！是儿不死，是财不散哪——"

年轻的我怎能服气呢！但那抬尸的老工人，至今想来，竟像荒天漠地里的预言家，为人世指点迷津……

"神啊，让我的女儿再回来做我的女儿吧！"我祈祷。

我知道我的祈祷不合理，我知道这世上并不是失去孩子的母亲都有权再要一个回来。我知道我如果有新的子女，他也只是他自己，而不是任何别人。然而，我仍哭泣哀求，还给我一个小小的女儿吧！还给我吧！

孩子出世了，在翌年早春，是个女儿。

我忽然发觉自己原来不会记年，我所有记事的方法都是根据孩子来的，儿子出生于一九六八年，女儿是一九七一年，其余的事，我便只去记下是在儿子几岁或女儿几岁时发生的……一九六几或一九九几对我而言反而没有什么意义。

那些年，从一九六九年，我被李曼瑰老师拉着，年年演戏，累得要死——这么说，如果给老外听了，一定会大惑不解，"你爱演戏就演，不爱演就不演，哪里可以说是别人逼的"。但中国人大概会懂，中国人为了相知相惜的情分，割头的事也肯做的。

事情开始的时候是这样的，李老师办了一个戏剧讲习班，我那时因儿子已过半岁，喂奶不必那么频繁，看看讲习班里倒不乏些名流，例如，俞大纲先生，便决心报名参加。不料这种事参加的人往往虎头蛇尾，不多久，我就发现只剩我跟另外一个同学在撑场面了。这时候，那终生嫁给戏剧的李曼瑰教授正努力分析易卜生的好处给我们听。也正在这时候，我那唯一的同学跑来跟我说，放寒假了，她要回南部去了。从此以后，我便只好独木撑天。李老师气管不好，每次爬上设在四楼的戏剧艺术中心，总要先咳个惊天动地（我现在回想，她其实生活谨严，她呼吸系统的毛病应该是受二手烟之害，她身边共事的人多是些老烟枪）。碰到这种老师，你又怎敢缺席，我们就这样一师一徒把讲习班有头有尾地结束了。其间，李老师一径催我写个剧本给她瞧瞧，我只好写了一个。不料她竟颁了个"李圣质先生夫人纪念奖"给我。我那时已得过中山文艺的散文奖，并不想转来碰戏剧。中山奖是五万，李老师的那份只有五千——但这奖是李老师为了纪念父母而设的，算来，其间真有钱以外的无限深意。

李老师可以说是循循善"诱"，颁了奖，她又拿钱出来鼓励我演出。这以后，她一直不忘督促我继续写戏。那阵子我们年年推新戏，档期定在圣诞至新年的假期，算是跨年演出。其中比较出名的是一九七二年演《武陵人》，一九七四年演《和氏璧》，一九七五年演《第三害》，一九七六年演《严子与妻》。

其中最难舍难忘的是我没有演出的那部，叫《自烹》，写的是易牙烹子以献齐桓公的那段历史。不如为什么，奔走在市政府教育局和警总之间就是拿不到演出证，这种事麻烦的是，你找不到关键，你也不知找谁吵架，你只能"听说"，听说似乎有人怕剧本有所影射，听说似乎有人嫌剧本血腥——但天知道我一向反对舞台剧太写实，事实上，舞台上连婴儿都不会出现，何来血淋淋的杀婴场面？

那年头，其实也并没有真的什么大不了的文化迫害，我认为问题出在承办人，他们缺少一个肯担当的肩膀。其实，第一层的阎王可能只要你有六十分就放行。然而，命令下达到了大鬼手里，为了怕自己因宽松而惹祸上身，他私自定下七十分的标准。事情再转到中鬼手里，不得了，标准竟升到八十分了。接下去，小鬼级的便要求九十分。可是，不幸的升斗小民，如我，在办这种事的时候碰来碰去，碰到的都是更小的"小小鬼"。俗话说："阎王好见，小鬼难缠。"我多么想抓个阎王来当面大吵一架，可是，问题是你根本找不到阎王在哪里啊！

《自烹》终于不能演出，其间我本来以为一向爱护我的李老师会出面拍胸脯请警总或教育局放一马，不料她反来劝我：

"你不懂，"她说，"别演了！否则对你不好。我这是为你着想——以后你会懂。"

我想她是真心想对我好，但她怕什么呢？我却是不怕的啊！

《自烹》在台湾不能演出却在香港演了。以后二十世纪八十年代又在上海演。

我的另一出戏《和氏璧》，一九八六年在北京演出，大约连演八十场（现在要创这种纪录就难了，电视机多了，舞台观众就少了）。一九九二年我赴西安要走一趟"丝路"，在咸阳机场一出门就冲上来一个高大的男子，死死抱紧我不放，并且激动地哭起来，他就是梁国庆，在遥远的北京演我的"卞和"令之复活的那人。

文学很奇怪，我写《和氏璧》，想写的是人类对于真理的坚持，这戏搬到北京，卞和的受难竟也能勾出对岸的眼泪——虽然他们哭的是我做梦也没想到的"十年浩劫"。

写戏的那几年，掌声不断，谩骂亦四起，其中唐文标先生骂得最努力。我想他既然连我深敬的张爱玲也骂了，我挨骂也就不足惜了。唐氏后来死于鼻咽癌，快十年了。

说起挨骂，我倒也经验丰富，那时代因为冒出乡土文学的论战，有时不免到处看到耙光棍影。记得有天我在做事，小女儿蹲在我脚边玩，大概因为玩具不好玩，她竟玩起我的脚来，玩着玩着，她忽然柔声说了一句：

"妈妈，我爱你的脚。"

我为她这句话而大受感动，世界虽大，世人虽众，但谁会来稀罕你的脚呢？我把这温馨的感觉写了篇五百字的短文，不料也会遭钉耙追打。当时有位潘荣礼先生大概认为如此"闺秀派"实在是文章末流，于是为文讽骂一番，说什么"女作家的白嫩小脚"，我的脚并不细嫩（就算细嫩也并不可耻），这样的一双脚去过考伊兰难民营，走过很长的泰北山路，也曾和医学生一起去过四湖乡、箔子寮那样的地方，没什么好惭愧的。何况以五百字的短文来写母女之情也要挨骂的话，未免太没有世道了。但我没有理他。

在杀伐之气流行的时代，连不杀伐都得挨骂呢！

一九七九年，我和丈夫赴美去参加座谈、去演讲、去上电视，那时心情很单纯。那一年，例行的舞台剧便没有演出，那一停，就一直停下来了。何况，李老师去世了，没有人会再来逼我了。

不演戏以后就来重操旧业写散文，这才发现写散文真好，因为写完一篇散文就是写完了。但写完一本戏，一切才有待开始呢！

有一天，重读《论语》，读到孔子说"吾无可无不可"，非常喜欢，用今人的习惯，那话可以这样说：

"我对事情的分析标准不是绝对的，我没有'预设立场'，我不会绝对拒绝或绝对接纳，一切要看当时的状况而定。"

我因喜欢这句话，所以想出一个"可叵"的笔名来，"叵"是"不可"的意思，它的字形和"可"字相反，读作"颇"（是"不可"两字急速连续所发的音），我认为"可叵"是个很好的写杂文的名字。

我居然因为找到个笔名而开起专栏来写杂文了，后来还出了两本书。那阵子很快乐，因为看别人猜不出这可叵是谁实在很得意。

有人问我为何写杂文，我想，那是因为我有很多愤怒和无奈，不忍在醇美的散文里写出来。我想骂人的时刻，便是可叵。我想感激人世的时候，便是晓风。美文是"千秋事业"，杂文"只争一朝一夕"。

一九七五年五月，有位韩伟博士要求当晚前来拜访我，晚上他果真来了。坐定之后，他很诚恳地告诉我，他已见过经国先生，谈了十五分钟，经国先生已决定任他为阳明医学院院长。这所新的医学院是公费制，企图在资本主义边缘找一条路，以七年公费待遇换学生毕业后下乡服务。韩先生很愿意支持这理想，他来找我是因打算聘我为阳明的老师。但阳明是医学院，我去了只有大一"国文"可教，我原来是执教于中文系的。而韩先生极诚恳，他保证班级会小，三十人一班，他说：

"如果你答应，你就是我聘到的第一位老师。"

我答应了他，我当然不是阳明最重要的老师，他之所以第一个想到我，完全是因为我身在台湾，他要请的其他旅美学人一时还无法联络上。

韩院长办学极拼，九年后死于脑瘤。

我原来觉得赴阳明教书，是为一个学者的情义所动。而对我自己——一个"中文系人"——的学术前途而言，则是一桩牺牲。其实也不尽然，以前我只需面对文学院的学生，讨论一首诗一阕词，心里想的是词牌，是平仄，是对仗。现在，面对文学院以外的人，我发现需要另一套对话的本领，另一番思考的方法，医学院的人文教学也自有其迷人处。我后来为《"时报"人间版》出版的中国经典丛书写古典戏曲的部分，最近三年又为编译馆编写小学、初中、高中的诗学教材，都是基于想带文学走出文学院的心情。

一九七一年，出版界有一盛事，当时有位早慧诗人黄荷生，办了一家巨人出版社，这家出版社发愿要出一套《现代中国文学大系》，选的是一九五〇年到一九七〇年的文章，我负责编散文部分。

参加编选的同人似乎第一次好好盘点了自己这块土地上的文学实力，知道我们其实拥有这么多卓然成家的好手。此书于一九七二年一月出版，后来在海外的中文教学上很有用，而且居然也没赔本。

而我们这些编者，很幸运地，也都纷纷活着，活到一九八八年。忽然有一天，九歌出版社的蔡文甫先生又邀我们开会，原来他为了要庆祝"五四"的七十周年，打算再编一套现代文学大系，时间是从一九七〇年到一九八九年。

相较之下，上次编的只有八册，每册厚约一厘米半，这次却有十五册，每册厚约三厘米。以前只包括诗、散文、小说，现在则增加了戏剧和文学批评（那年头，不讲什么知识产权，讲的是"欢迎翻印，以广流传"），现在则一一征询同意，十七年过去，我们有理由更满意今天的成绩。

忽然发现一项真理，讲"不朽"，是圣人的事。至于我们这些必朽之辈的"人生第一要务"，就是要"好好活着"。譬如那朱桥（忘了，他死于一九六九年吧？），今天提起他的名字，知道的人又有几个呢？他三番五次去自杀，终于成功，他要是不死，就会发现自己在文化和婚姻市场上都忽然成了抢手货。他是和痖弦、梅新都可以平起平坐的人物。唉，他其实只需再熬几年，就可以看到"形势一片大好"——就算"形势一片大坏"，我必须活着才能看得见管得着啊！

我因活着，可以又来编一次规模更正式的文学大系，算来真是无限欣慰。

女儿系上公演，我去看，女主角在台上巧笑倩兮，啊，她不就是我那位才子型好友生死难舍的恋人吗？她的人和她的戏都和二十年前一样俏美。啊—— 不对，不对，那美丽的女子早已另嫁，这一位，是她的侄女。

前不久，陪女儿去考研究所，她考上了，那正是她父亲当年读研究所的学校。我想，凡我凡夫俗子，除了以"活着"为第一要务外，第二要务就该是结婚生小孩了。人生仿佛因而从"直线单行道"变成了"周而复始的圆形跑道"。在我们和"永恒"角力，注定要输的战局里，一旦有了第二代，便立刻有了"屡败屡战"的新筹码，就可以跟对手再歪打胡缠一阵，说不定也能赢回一局半局亦未可知。

只要让我看到一双诚恳无欺的眼睛

春天，西湖，花开满园。

整个宾馆是个小沙嘴，伸入湖中。我的窗子虚悬在水波上，小水鸭在远近悠游。

清晨六时，我们走出门来，等一个约好的人。那人是个船夫——其实也不是船夫，应该说他的妻子是个船妇。而他，出于体贴吧！也就常帮着划船。既然长在西湖边上，好像人人天生都该是划船高手似的。

昨天，我们包了他的船一整天。中午去"楼外楼"一起吃清炒虾仁和叫花鸡，请他们夫妇同座同席。他听说我们想去苏州，便极力保证他可以替我们去买船票，晚上上船，第二天清早就到苏州。他说他有关系，绝对可以买到票。

不知为什么，我就是不能拒绝他。其实，由于有台胞身份，旅馆是可以代我们买票的。可是他那么热心，不托他买，倒仿佛很见外似的。

说好了，清晨六时他就把票送过来。

西湖之美，明朝人袁中郎早就说过了，一定要在凌晨或月夜，游客的数目常是美景的杀手。一旦过了清晨九点，西湖只不过是个背景不错的人口市场罢了。我们原打算接了票立刻趁人少骑脚踏车去逛苏堤、白堤、六和塔……西湖于我，是个熟得不能再熟的地方——虽然一次也没来过。但那"断桥残雪"、那"南屏晚钟"、那"曲院风荷"，一一都伴我长大，在书本的扉页里……

但现在六点了，那船夫却没有来，我们哪里都不能去。

小鸟在青眼未舒的柳树梢头啁啾——那船夫，还不来。

芍药开了，很香。广玉兰白中带紫，旋满一树——那船夫，怎么还不来？

六点半了。

春日的枫树红中带润，同样是红，但跟深秋的霜叶却全然不同。唉，六点半了。

木本的海棠花饱满妖艳，美得让自己都有点不胜负荷了。七点了，都七点了。

我焦躁起来，和丈夫互相问了我们万分不想问的问题："他，会不会拿了我们买船票的钱，就消失了。"

不会吧？我们再等等。钱，其实也不多，合美元大概不到五十元。悲伤的是，我们会不会因此变成可笑的、易于上当的傻瓜？

他是我的同胞，而西湖又这么美，此刻又是乾坤清朗庄重的春日清晨，我不该起疑心。可是，七点十分了，听说船夫的父母是基督徒，可是，那又保证什么？绝美的春晨正一寸寸消失，我怎么办？我像个白痴似的站在宾馆门口，等一个可能永远不会出现的人。

七点十五。

他来了！他来了！我叫。丈夫跑出来，我们在门口迎上他。他说，今早因为借不到脚踏车，所以便一直去借，借到现在。

我对他千恩万谢，他可能以为我谢他是因他代为买票的辛苦。他不知道，我真正感谢的是，他终于出现了，他帮助我免于做一个可鄙的怀疑论者。

那天早上，我们未能把向往已久的风景点一一看完，但幸运的是，我看到了一张可信赖的脸。人活着，总会碰到人，碰到人，就可能受骗。但只要让我看到一双诚恳无欺的眼睛，我就可以甘心受人千次诳欺。

毕竟，那是一个美丽的春晨。

你还没有爱过

唐人街

钧。

那是纽约，唐人街，几张废纸被风扬起，飘了几步，然后坠下。

有人在某个交叉口上拍功夫片，一个又小又瘦的男孩拖着条辫子，对着镜头猛然把脚踢起——

八月的夜，说不上是闷热还是凄凉。你下了车，走出停车场，送我们在一片墨色中走向投宿的楼。

"什么时候——总会再见面的吧？"

"在台湾？"我们问。

"也许。"

八楼上，我们俯视模糊的唐人街，楼很旧，唐人街更旧，我忽然觉得这里每一件事看起来都显得不胜疲倦。

那是四年前的事了。

都说你"左"了，朋友们谈起你，口气立刻异样起来，但我们一到纽约，还是辗转把你的电话要到了。爬上楼梯，我们看到你年迈的父母，你的妻，你自己，以及你那被"钓鱼台事件"灼热过、被"左倾"的激情灌注过，而今却被因于美国资本主义社会里"一个保险公司的职员的脸上"的眼睛。

即使是"左"了，朋友总还可以是朋友吧？

像京戏《群英会》里的周瑜和蒋干，如今的中国人见了面也往往必须约好"今夕只谈风月"。

坐在斗室里，我开始迷惑，那么多中国人坐在异国的屋檐下把盏话中国——盏中所注的是异国冰冻的橙汁或可乐——题目是这海峡两岸以潇洒的手势。

而我，我不要站在隔岸，我既经决定纵身入火，就已放弃隔岸观火的悠闲。我在火里，和万千人比肩，这场火会焚我们成灰？抑炼我们成钢？答案总会分晓。我们要赌这一口气——跟火，也跟岸上观火的袖手人。

那天，我们分了手，在纽约唐人街沉沉的夜色里，不知为什么，那夜色常是我心上挥不掉的一抹黑。

你还没有爱过！

在台北北门口平和安静的宿舍里，家家户户种的小花小草，此起彼落地开着，你一住二十年。一个书包，来来往往地背来又背去。生字簿念烂一本又换一本。一盏灯下，你慈祥的姥姥把菜式从春韭逐渐换成冬夜的酸白菜火锅……平静的岁月就这样过去，但你始终没有遇见"爱"，你从来不懂什么叫激情，你找不到一个烈焰腾腾的祭坛把自己献上——你还没有爱过！你的生命是一场空白。

那个温柔的、巨大的、坚实的、强悍的爱你还不曾经历。你还是一个笔画尚未写完的字，读不出意义来。

你还没有爱过——那种可以称之为国家民族的爱。

曾有人爱过——在千年以前。

曾有人爱过——在百年以前。

曾有人爱过——在近几十年，以及今天。

但，为什么付出者不是你我？

你还没有爱过，虽然你匆匆去找一个对象并且努力认同，虽然你让自己恍惚感到一份悲壮伟大的情操。而一转眼，地覆天翻，热忱萎落尘泥，你才发觉你在崇拜一个并不存在的神祇，你发现整个事件是一场虚空的单恋。

你仍然没有爱过。你仍然空白。

贵阳街

转过中华路，把市声留在堂皇阔大的阳光里，就到了贵阳街。

几门古炮竖在路边，猛然走过，仿佛旧日的沉响犹在耳——那个地方叫"国军历史文物馆"。

你走进去，两侧大玻璃橱里的历史静静地定了影。历史僵冷无比，也温柔无比。历史极可信，却又几乎令人不敢置信。

一截儿竹子，剖自广西宾阳县的莫陈村，（莫陈村？是姓莫的和姓陈的人世居的小村落吧？）那时是一九四〇年，（我们还没有出生，却有人在那年已死了。）在一场寡不胜敌的殊死战后，日本军官筑紫丰在七个学生的尸体间发现了几截儿竹子和其上的刻字：

终有一天，将我们的青天白日旗飘扬在富士山头！

字迹仍然清楚秀丽，是什么人从容的绝笔？（是一个姓莫的或姓陈的少年吗？）筑紫丰把竹子锯下来，起名叫"竹林遗书"，并且带到日本，在九州的福冈市像神明一样地供起来。

一九六六年，神宫的宫司把它带回台北，交还给中国人。

而今，它那样安详而不显眼地站在那里，可以是任何一个中国人于自在随便时说的一句话。可以是大劫当前、血尽泪枯时淡然的一句遗言——也可以是让侵略者倏然一惊不由得不顶礼膜拜的神物。

再转过去，一件紫斑的血衣静静地叠放着。仿佛是黄昏，那女人打好了水柔声地叫他去沐浴，一件待换的衣服放在浴缸旁——而那人再不回来了，一枚小小的取自胸膛的弹头放在旁边。一个湖南人，死在山东。悲伤吗？不，那人以胸血拓下一朵红梅，那人爱过了！

两侧模糊的旧照片在絮絮地叮咛着一些什么。

有人站在卢沟桥头，在桥柱中把自己站成桥柱，在满桥数不清的石狮子中把自己站成活的狮子——那年轻的兵，他爱过了。

有人在太原城里死守巷战。

有人强渡怒江，浑忘身家。

有人在遥远的腾冲城，以血肉之躯证道。

有人在不知名的异乡，将自己不被人知的名字交给中国的大地。

有人死在海里。

有人死在蓝得亮烈的中国天空。

而终有一天，一纸降书，一排降将，一长列解下的军刀，我们赢了！

我们赢了，那不是最重要的，重要的是，那一代的中国人爱过了。

诗

有人称他为邱清泉上将，有人称他邱清泉烈士，而我要说，他是一个诗人。

号雨庵——多雅逸的别号，是诗人的别号啊！那里面有文文山和岳武穆的传承啊！

在一个"暖日照融千树雪，寒风吹散满天云"的十二月，他迎接战胜而归的莫伦生，占一首七律：

> 汗马黄沙百战勋，
> 神州多难待诸君。
> 从来王业归汉有，
> 岂可江山与贼分。
> ……

那是以剑写的诗，那是以枪圈点的诗，那不是中文系里平平仄仄的产品。而在"第二兵团驻徐办事处"的用笺上（一张怎样的诗笺），他匆匆写下凄怆的五古：

> ……
> 何处是青山，
> 定多杜鹃血。

226

入夜秋风起，

云浮月明灭。

鸿雁何悲鸣，

征夫心胆裂。

故园人岂知，

天涯愁肠结。

所谓战争和诗，在根本上应该是一种事业——都是沾血来写的一种事业。

而在芝山岩，情报局，那些遗书无声地挂在墙上，一封封，丈夫写给妻子的，女孩写给姐姐的。一股羁不住的豪情，一些斩不断的牵绊。你仿佛听到有声音破纸而出，大声地喊你，喊醒你血液里沉睡的什么。

那些恻恻的语言，怎能不是诗。

赵锡光，香江学院毕业，有一张属于书生的温文尔雅的脸，死于三十九岁，他给妻子的信平静而深情：

巧云：

当您看到我亲笔留给您（的）这封信的时候，那么就是我已经不在人间了。这您一定会痛不欲生的。

可是，您要知道，您的丈夫，我，是在这个国难家破的时候勇敢光荣地为国家牺牲了的。所以，这您该感到万分的骄傲，不应悲伤。不但不应该悲伤，更应该坚强地做人，愉快地生活，耐心教养我俩的爱女"世惠"，孝顺爸妈，这样您才算是一位贤妻孝女，更才算是一个有理性、有知识、有教育、有情感的女性。巧云，我深知您是一个洁贞的贤妻良母，兼之我俩相爱甚笃，故无论我生或死，您都不会有二心两志的。可是，巧云，您要知道，现在您正是青春之年，一个年轻的女子没有丈夫是最不方便和容易受人欺侮的。同时爸妈又只有您这一个独生女儿，别无子嗣，他俩老人家年纪又大了，因此无论如何您都需要有一位常在您身边而忠实可靠健康的丈夫，那么您及你爸妈才有所依靠……绝不可为了我俩的夫妻爱情就坚志不肯再次婚嫁……待世惠长大后希望您能使她知道她的爸爸……巧云，听话吧，不要悲伤，如真是说人死后还有灵的话，那么，我会保佑你们母女的……巧云……盼望你珍惜保重……

陈实曾是个山东大汉，刻苦自励，却意外的有一手漂亮的字。

淑媛：

我要出海了，我的任务很艰巨，做一个军人的妻子，要比军人还要勇敢。如果真有那么一天（也许不会），那也是军人的归所，何况"人生自古谁无死"，你不要太悲伤，因为我们有五个孩子，需要你照料。

我想不会像我想的那么坏，但是我却希望在你的心里有个准备，才不会被突如其来的打击打倒。

孩子们要好好照料，叫他们都能受良好的教育，不要放弃你的工作，这样在精神上有个安慰，临行匆匆，不多写了，希望你多自珍重。

那些人也有智慧，那些人也有爱情，那些人也有对人世的依恋，那些人是比一切诗人更其诗人的，而他们却死了，无数的人正跟着他们去死，他们以自己的死亡去换取我们的生存，而我们浑然不知。

他们活过了，他们爱过了，他们诗过了——你呢？

同学录

你的毕业年刊，我看过了，彩色精印，在雪白的铜版纸上。年刊里有女孩的笑靥，有那春天闹嚷嚷的杜鹃，有宁静的校园，有校园中的钟声……

但我要说的是半世纪以前民国十四年黄埔一期的那一本。在那里没有人题"鹏程万里"，在那里没有人说"前途光明"，一篇序言竟是一篇泣血的哽语，所谓生死之交，所谓袍泽深情，应该就是这样的句子：

> 开卷，见总理与全校同志之写真，万感交集，未序先泣……在我之前者为总理，在我之后者有诸生与各将士。昔日同生死共患难者，至今几不及十之七，至亲如先姊，至爱如二子，每遭国难奉电命，皆能弃置骨肉之亲于勿顾。而独于本校同志之间须臾分离，此心遂觉忦忦不自安……阵亡者四十余人……诸子折股断臂，洞胸穿肠，伤势更剧，几至残废终身，见之但有对泣而已。其中死事之尤惨者……检其遗骸，其弹颗之中脑部与胸部者，有五弹以至十一弹者，几使中正目不忍睹……言念及此，能不痛心？呜呼！吾校同志，前仆后继，每于肉搏登城碧血淋漓之时，毫无悸怖状，且浩然捐生，乐如还乡。其果何为而使然也？无他，总理主义之所感，而诸生精诚之所出也。今先于我者总理既长逝，后乎我者诸生亦多沦亡，而唯留不先不后不死不活之中正，贻笑

于世。天下之至难堪悲戚酸楚而不能忍者，孰过于此？古人以苟活为羞，而其痛苦有甚于身死者！余视今日师长之死与我学生将士之死，其难言之隐痛，实过于余之身死……每于梦中哭笑啼泣，家人常为之震惊不置，及余醒后，恍惚几不自知其所以然，但觉对我已死之同志，凄惨悲伤黯然销魂而已……

而在六期的序里，你看到的仍是那样剖心沥肝的句子：

苍茫四顾，万感交集，第六期同学录序，不知应从何序起。诸同学试一张目以视，一闭目以思，人间何世？反动势力是否完全消灭？破坏和平统一之新军阀是否敛迹？不平等条约是否取消？国防军队是否健实？帝国主义者之进攻是否轻于前？……一言以蔽之，今日中国之革命，是否已完全？今日国家之危急，民众之痛苦是否已较第一期、第二期、第三期、第四期、第五期各期同学毕业时为佳？

而学生们照例把照片剪成椭圆形，那些名字和通讯处总令我惊奇。

王新民　年二十　徐州睢宁城内恒泰号转

恒泰号？恒泰号是一个南货店还是个杂货铺？

郭孝言　年十九　镇江城内小市口杜宅后院

杜宅后院？他是怎么从深深的后院走出来跑到黄埔去的？那期间有一个怎样长长的故事？

张个臣　年二十四　陕西宁陕县关口街

张个臣？是出于《大学》那本书里"若有一个臣"的句子吧？还戴着眼镜，一个认真的男孩。

章　甫　年二十三　湖南永州老县门口章吉祥药号交

　　章吉祥药号？一个瓶罐井然的中药铺？他是怎样蜕变为方脸扬眉的军人？

　　李慕孙　年二十二　广东新丰街永生堂转

　　李慕孙？是慕孙中山吧？

　　张慕陶　年二十七　湖北鄂城县张义顺鱼行

　　鱼行？是鱼米之乡的地方来的吧？

　　张　衡　年二十五　浙江海门大荆镇张裕大酒坊

　　酒坊？那男孩会在魂梦中想起故园芳烈的气息吗？

　　李亚丹　年二十二　湖南岳州桃林喻义兴宝号转旧屋李家

　　李家旧屋？那是怎样庭院深深瓦漏墙圮的一个地方？

　　蔡轶伦　年二十一　江苏奉贤南桥镇徐永馨花行交

　　花行？也有军人是来自花行的吗？

　　郑良思　年二十五　福建福州南台洋头口大井同宝成烛芯店转

　　烛芯店，那是怎样的一种风光？

　　张情侠　年二十一　上海法界蓝维霭路元昌米行交

　　奇怪的名字，情侠，是逃家出来以后自己偷取的吧？

　　只为一声戍角，那些好男儿从稻田、从麦田、从高粱田、从商行、从药铺、从磨坊、从鱼行、从杂货铺、从酒坊一一走出来，就这样，走出一番新翠照眼的日月山川，不知为什么，越读那些土里土气的小地名，越觉有万千王师的气象，每翻一张扉页，竟觉得在腕底翻起的是飒飒然的八方风雨。

　　怎么也曾有如此一本同学录，没有彩色，只有风雨。

　　看五十年前的少年，如今剩两鬓花斑，但他们活过，他们爱过。

我们注定要为一个什么而燃烧，我们要狠狠地爱一场，只是，去爱什么呢？去为什么而自焚呢？为一个不存在的谎言？抑或为一则确凿的信仰？

你呢？

今夕何夕？

坐在软椅上，从头皮到脚趾完好无一寸伤痕的你，身体发肤不着一丝烟熏火燎的你，在冰箱里寻找冰冻橙汁、可乐或七喜的你——

你，还没有爱过。

没有痕迹的痕迹

车又"凝"在高架桥上了，这一次很惨，十五分钟，不动，等动了，又缓如蜗牛。

如果是有车祸，我想，那也罢了，如果没有车祸也这么挤车，想想，真为以后的日子愁死了。

"那么，难道你希望有车祸吗？你这只顾车速却不检讨居心的坏蛋！"我暗骂了自己一句。

"不要这样嘛，我又不会法术，难道我希望有车祸就真会发生车祸吗？"我分辩，"如果有车祸，那可是它自己发生的。"

"宅心仁厚最重要，你给我记住！"

车下了高架桥，我看到答案了，果真是车祸，发生在剑潭地段。一条斑马线，线旁停着肇事的大公车，主角看来只是小小一堆，用白布盖着，我的心陡地抽紧。

为什么街上死人都一例要用白布盖上？大概是基于对路人的仁慈吧？

而那一堆白色又是什么？不再有性别，不再有年龄，不再有职业，不再有智愚，不再有媸妍。死人的单位只是一"具"。

我连默默致意的时间也不多，后面的车子叭我，刚才的等待使大家早失去了耐性。

第二天，车流通畅，又经过剑潭，我刻意慢下来，想看看昨天的现场。一切狼藉物当然早已清理好了，我仔细看去，只有柏油地上一摊比较深的痕迹——这就是人类生物性的留痕吧？当然是血，还有血里所包含的油脂、铁、钾、钠、磷……就只是这样吗？一抹深色痕迹，不知道的人怎知道那里就是某人的一生？

啊，我愿天下人都不要如此撞人致死，使人变成一抹痕迹，我也愿天下没有人被撞死，我不要任何人变成地上的暗迹。

更可哀的是，事情隔了个周末，我再走这条路，居然发现连那抹深痕也不见了。是尘沙磋磨？是烈日晒熔了柏油？是大雨冲刷？总之，连那一抹深痕也不见了。

生命可以如此翻脸无情，我算是见识到了。

至今，我仍然不时在经过"那地点"的时候，望一望如今已没有痕迹的痕迹。也许，整个大地，都曾有古人某种方式的留痕——大屯山头可能有某个猎人肚破肠流，号称"黑水沟"的海沟中可能曾有人留下一旋泡沫。

如此而已，那么，这世上，还真有一种东西叫作"可争之物"吗？

人生的什么和什么

她的手轻轻搭在方向盘上，外面下着小雨。收音机正转到一个不知什么台的台上，溢漫出来的是安静讨好的古典小提琴。

前面是隧道，车流如水，汇集入洞。

"各位亲爱的听众，人生最重要的事其实只有两件，那就是……"

主持人的声音向例都是华丽明亮的居多，何况她正在义无反顾地宣称这项真理。

她其实也愿意听听这项真理，可是，这里全是隧道，全场五百米，要四十秒钟才走得出来，隧道里面声音断了，收音机只会嗡嗡地响。她忽然烦起来，到底是哪两项呢？要猜，也真累人，是"物质与精神"吗？是"身与心"吗？是"爱情与面包"吗？是"生与死"吗？或"爱与被爱"？隧道不能倒车，否则她真想倒车出去听完那段话再进来。

隧道走完了，声音重新出现，是音乐，她早料到了四十秒太久，按一分钟可说二百字的广播速度来说，播音员已经说了一百五十个字了，一百五十个字，什么人生道理不都给她说完了吗？

她努力去听音乐，心里想，也许刚才那段话是这段音乐的引言，如果知道这段音乐，说不定也可以又猜出前面那段话。

音乐居然是《彼得与狼》——这当然不会是答案。

依她的个性，她知道自己会怎么做，她会再听下去，一直听到主持人播报他们电台和节目的名字，然后，打电话去追问漏听的那一段来，主持人想必也很乐意回答。

可是，有必要吗？四十岁的人了，还要知道人生最重要的事是"什么和什么"吗？她伸手关上了收音机，雨大了，她按下雨刷。

没有谈过恋爱的

一

朋友的女儿还在读大学，她着手写了一篇武侠小说——哦，不，事实上是写了半篇小说，因为写到一半她便罢手不写了。

唉，写到一半的小说听来是多么令人沮丧啊，简直像织了一半的布遭人剪断，或煮成半熟的饺子忽而遇见停电。此女幼慧，叔叔伯伯阿姨都很看好她，但她就是不肯把那篇小说写完，老妈催她，她竟说出一个奇怪的理由：

"我又没有谈过恋爱，这一段我是写不下去了。你要我写，那，你去帮我找个男朋友好了！"

老妈一时气结，暗中抱怨此女明明是懒惰，却把理由编成如此这般。我闻其言，不禁大笑，我说：

"哎，哎，你这女儿果真是没有谈过恋爱。她如果谈了恋爱，就知道，描述恋爱其实最好是没有谈过恋爱。真的谈了恋爱，写出来未必能直逼爱情……"

这一段话说得有点像绕口令，可能让听者更糊涂了。我想只好找些例子来说明吧！

二

一百一十多年前，英国的作家王尔德讲了一个故事给法国的作家纪德听，故事后来被人安上一个题目叫《讲故事的人》。在我看来，这故事简直是《老子》中"知者不言，言者不知"的批注。

故事是说有一个人爱讲故事，所以颇受村民欢迎，他会在返家时鬼扯一些奇遇，例如，途经森林，惊见牧神吹笛、仙女群舞。途经海岸，又见三个美人鱼以金梳梳理碧发，听者觉得极其精彩。不料，他后来竟果然碰见自己描述的景象，当村民又来相询的时候，他却噤声不语，只说，我此行一无所见。

三

一八八四年出生的亨利·卢梭其实终其一生都住在法国，他的职业是收税员，但他当过四年兵，四年中遇见不少同袍是曾去过墨西哥的。透过这些同伴或忠实或不忠实的描述，他居然也感受到一些南美风情。之后他又跑到城市中的植物园去写生，观察非洲热带植物。一八八九年，当时他已经四十五岁了，由于巴黎办万国博览会，他也就间接懂了一些塞内加尔、东京和大溪地。就这样拼拼凑凑，半揣度半狂想，他居然画出一派恍惚迷离、亦真亦幻的作品，如《睡着的吉卜赛人》（一八九七年）或《梦》（一九一〇年）都令观者倾倒入迷，连毕加索也景仰其人。

那蛮荒世界的满月，那榛莽深林中绿莹莹的狮眼，那站在幽明交界处的吹号的土著，那炫丽的果实和鹊鸟（那鸟，仿佛是吃了身旁暖橙色的丰腴的热带水果才变得有个同色同型的肚子），以及那华艳不可方物的裸女，明明身在林薮，却自有一张丝绒沙发供她展示玉体……

我深爱那个从来没有去过非洲也没有去过墨西哥的卢梭。他的狂乱描述仿佛神医，虽隔帘悬丝把脉，竟能一一说尽帐内女子的五脏六腑。

四

二〇〇四年三月，我应邀去淡大听叶嘉莹教授讲"词"，叶教授八十多岁了，风采依旧照人。满堂崇拜者，引颈以待。她是美丽清雅而又智慧灵明的。她的生平又有些传奇性，听她的演讲的确是无趣生活中的盛事。但那天她不知怎么说着说着就忽然冒出一句话，说自己年轻的时候在长辈安排下结了婚，而她此生最大的遗憾便是不曾谈恋爱，如果有来生，一定要谈一场恋爱。

可是，如果有来生，谈过一场好恋爱的美丽聪颖的那女子会比此刻的叶嘉莹教授更好吗？经她诠释的情词会更细腻吗？经她吟诵的诗会更催人泪下吗？"无憾"以后的叶嘉莹教授又会以什么面目活在来世呢？

五

神父无妻，却反能指导婚姻。男性医师不怀孕，也自能指导生产过程。梅兰芳并没去做变性手术，却能委婉唱出某个春天花园中的女子杜丽娘的情根欲苗……至于死，谁都没死过，却有人把死写得浃髓沦肌。

六

谁说要谈完一场恋爱才能把小说写好？

矛盾篇之一

爱我更多，好吗？

爱我，不是因为我美好，这世间原有更多比我美好的人。爱我，不是因为我的智慧，这世间自有数不清的智者。爱我，只因为我是我，有一点好、有一点坏、有一点痴的我，古往今来独一无二的我，爱我，只因为我们相遇。

如果命运注定我们走在同一条路上，碰到同一场雨，并且共遮于同一把伞下，那么，请以更温柔的目光俯视我，以更固执的手握紧我，以更和暖的气息贴近我。

爱我更多，好吗？唯有在爱里，我才知道自己的名字，知道自己的位置，并且惊喜地发现自身的存在。所有的石头只是石头，漠漠然冥顽不化，只有受日月精华的那一块会猛然爆裂，跃出一番欣忭欢悦的生命。

爱我更多,好吗?因为知识使人愚蠢,财富使人贫乏,一切的攫取带来失落,所有的高升令人沉陷,而且,每一项头衔都使我觉得自己的面目更为模糊起来,人生一世如果是日中的赶集,则我的囊橐空空,不是因为我没有财富,而是因为我手中的财富太大,它是一块完整而不容割切的金子,我反而无法用它去购置零星的小件,我只能用它孤注一掷来购置一份深情。爱我更多,好让我的囊橐满胀而沉重,好吗?

爱我更多,好吗?因为生命是如此仓促,但如果你肯对我怔怔凝视,则我便是上戏的舞台,在声光中有高潮的演出,在掌声中能从容优雅地谢幕。

我原来没有权力要求你更多的爱、更多的激情,但是你自己把这份权力给了我,你开始爱我,你授我以柄,我才能如此放肆如此任性来要求更多。能在我的怀中注入更多醇醪吗?肯为我的炉火添加更多柴薪否?我是饕餮,我是贪得无厌的,我要整个春山的花香,整个海洋的月光,可以吗?

爱我更多,就算我的要求不合理,你也应允我,好吗?

爱我少一点,我请求你

有一个秘密,不知道该不该告诉你,其实,我爱的并不是你,当我答应你的时候,我真正的意思是:我愿意和你在一起,一起去爱这个世界,一起去爱人世,并且一起去承受生命之杯。

所以,如果在春日的晴空下,你肯痴痴地看一株粉色的寒绯樱,你已经给了我最美丽的示爱。如果你虔诚地站在池畔看三月雀榕树上的叶苞如何一一骄傲专注地等待某一定时定刻的绽放,我已一世感激不尽。你或许不知道,事实上那棵树就是我啊!在春日里急于释放绿叶的我啊！至于我自己，爱我少一点！我请求你。

爱我少一点，因为爱使人痴狂、使人颠倒、使我牵挂，我不忍折磨你。如果你一定要爱我，且爱我如清风来水面，不黏不滞。爱我如黄鸟渡青枝，让飞翔的仍去飞翔，扎根的仍去扎根，让两者在一刹那的相逢中自成千古。

爱我少一点，因为"我"不只是住在这一百六十厘米的身高中，并不只容纳于这方趾圆颅内，请到书页中去翻我，那里有缔造我骨血的元素；请到闹市的喧哗纷杂中去寻我，那里有我的哀恸与关怀；并且尝试到送殡的行列里去听我，其间有我的迷惑与哭泣；或者到风最尖啸的山谷，浪最险恶的悬崖，落日最凄艳的草原上去探我，因为那些也正是我的悲怆和叹息。我不只在我里，我在风、我在海、我在陆地、我在星，你必须少爱我一点，才能去爱那藏在大化中的我。等我一旦烟消云散，你才不致猝然失去我，那时，你仍能在蝉的初吟，月的新圆中找到我。

爱我少一点，去爱一首歌好吗？因为那旋律是我；去爱一幅画，因为那流溢的色彩是我；去爱一方印章，我深信那老拙的刻痕是我；去品尝一坛佳酿，因为坛底的醉意是我；去珍惜一幅编织，那其间的纠结是我；去欣赏舞蹈和书法吧——不管是舞者把自己挥洒成行草篆隶，或是寸管把自己飞舞成腾跃旋挫，那其间的狂喜和收敛都是我。

爱我少一点，我请求你，因为你必须留一点柔情去爱你自己。因你爱我，你便不再是你自己，你已是我的一部分，所以，把爱我的爱也分回去爱惜你自己吧！

听我最柔和的请求，爱我少一点，因为春天总是太短太促太来不及，因为有太多的事等着在这一生去完成去偿还，因此，请提防自己，不要爱我太多，我请求你。

生命，以什么单位计量

这是一家小店铺，前面做门市，后面住家。

星期天早晨，老板娘的儿子从后面冲出来，对我大叫一句：

"我告诉你，我的电动玩具比你多！"

我不知道他在跟谁说话，四面一看，店里只我一人，我才发现，这孩子在跟我作现代版的"石崇斗富"。

"你的电动玩具都是小的，我的，是大的！"小孩继续叫阵。

老天爷，这小孩大概太急于压垮人，于是饥不择食，居然来单挑我，要跟我比电动玩具的质跟量。我难道看起来会像一个玩电动玩具的小孩吗？我只得苦笑了。

他其实是个蛮清秀的小孩，看起来也聪明机灵，但他为什么偏偏要找人比电动玩具呢？

"我告诉你，我根本没有电动玩具！"我弯腰跟那小孩说，"一个也没有，大的也没有，小的也没有——你不用跟我比，我根本就没有电动玩具，告诉你，我一点也不喜欢电动玩具。"

小孩目瞪口呆地望着我，正在这时候，小孩的爸爸在里面叫他：

"回来，不要烦客人。"

（奇怪的是他只关心有没有哪一宗生意被这小鬼吵掉了，他完全没想到说这种话的儿子已经很有毛病了。）

我不能忘记那小孩惊奇不解的眼神。大概，这正等于你驰马行过草原，有人拦路来问：

"远方的客人啊，请问你家有几千骆驼？几万牛羊？"

你说：

"一只也没有，我没有一只骆驼、一只牛、一只羊，我连一只羊蹄也没有！"

又如雅美人问你："你近年有没有新船下水？下水礼中你有没有准备够多的芋头？"

你却说："我没有船，我没有猪，我没有芋头！"

这是一个奇怪的世界，计财的方法或用骆驼、或用芋头、或用田地、或用妻妾，至于黄金、钻石、房屋、车子、古董——都是可以计算的单位。

这样看来，那孩子要求以电动玩具和我比画，大概也不算极荒谬吧！

可是，我是生命，我的存在既不是"架""栋""头""辆"，也不是"亩""艘""匹""克拉"等单位所可以称量评估的啊！

我是我，不以公斤，不以厘米，不以智商，不以学位，不以畅销的"册数"计量。我，不纳入计量单位。